06/67

RELATOS EN PRIMERA PERSONA

Vuelo a la libertad

Ana Veciana-Suarez

SCHOLASTIC INC.

New York Toronto London Auckland Sydney
Mexico City New Delhi Hong Kong Buenos Aires

Translated by Alexis Romay

Originally published in English in hardcover by Orchard Books in 2002, as
Flight to Freedom

ISBN 0-439-66358-X

12 11 10 9 8 7 6 5 4 3 2   5 6 7 8 9/0

Printed in the U.S.A.   40
First Spanish printing, October 2004

*A mis hijos: Renee, Leonardo,
Christopher, Benjamín y Nicolás,
para que siempre recuerden*

La Habana, Cuba
1967

Domingo, 2 de abril

Aquí estamos, tú y yo, solos. Para siempre. O hasta que estas páginas estén llenas con mi letra. Eres mi primer diario. Papi te trajo esta mañana, antes de irse para el campo. "Para mi hija estudiosa", dijo. (Ésa soy yo). Tenía lágrimas en los ojos cuando dijo eso y la quijada le temblaba.

Le dio a Ileana, que, con sus dieciséis, es tres años mayor que yo, un bello compacto de carapacho de tortuga con polvos para la cara y a Ana María, nuestra hermana menor, una pequeña muñeca de trapo con ojos bordados y pelo de hilos de estambre. No sé si trajo algo para Pepito, pues mi hermano fue reclutado por el servicio militar en septiembre del año pasado. Nuestros regalos son tesoros en estos tiempos de racionamiento, por eso le agradecí con muchos besos y abrazos. No quise llorar delante de él, pues eso lo haría sentirse peor, así que traté de pensar sólo en su bigote negro y espeso.

Papi tiene que trabajar en el campo, en la recogida de café, para que podamos salir de Cuba. El gobierno envía a todos los jefes de núcleo a la agricultura antes de que la familia pueda emigrar. Trabajar en el campo, bajo esas terribles condiciones, puede destruirle la columna a cualquiera, especialmente a hombres que, como mi padre, son gente de ciudad y no saben nada del campo. ¿Pero qué otra cosa puede hacer? Como todos los que han solicitado permiso para salir del país, fue despedido de su trabajo. Hemos tenido que depender de nuestros ahorros y de la generosidad de la familia. Hay quienes no tienen ni eso siquiera. "Después de todo —mami nos recuerda a cada rato—, hemos tenido suerte".

Todavía no sabemos exactamente cuándo nos permitirán viajar, pero a papi ya le han dicho que nuestros permisos de salida y las visas para entrar a Estados Unidos están siendo procesados. Cuando se terminen los trámites, abordaremos un avión rumbo a Miami, para unirnos al hermano de mi padre y su familia. Mis abuelos paternos, abuelo Tony y abuela María, también están allá. Nosotros nos iremos sólo por poco tiempo, dijo papi, hasta que la situación política mejore aquí en la isla. Para demostrar que cree eso a pies juntillas, mami se cortó su largo pelo castaño, que tanto le gustaba recogerse en una cebolla, como si fuese un muchacho. Se lo dejará crecer sólo después de que regresemos. Le hizo esa promesa a la Virgen de la Caridad, con la esperanza de que nuestra estancia en Estados Unidos no sea muy larga.

Martes, 4 de abril

Hoy Ana Mari llegó llorando a la casa, pues otros alumnos de su escuela le están diciendo "gusana". Todos les dicen "gusanos" a los cubanos exiliados en Miami, y como nosotros pronto iremos hacia allá, nos insultan también de ese modo. Los que saben que hemos solicitado salir del país piensan que somos traidores porque vamos a abandonar la revolución para irnos al norte con los imperialistas yanquis. Papi dice que debemos irnos porque el gobierno presta más importancia al adoctrinamiento que al estudio de la gramática y las matemáticas. Hace dos años, cuando Ana Mari entró en kindergarten, la maestra les preguntó a los niños de su clase si creían en Dios. Ana Mari y unos pocos alumnos más respondieron que sí y la maestra les dijo que cerraran los ojos y pidieran a Dios un caramelo. Cuando abrieron los ojos, sus manos estaban vacías. Entonces la maestra les pidió que cerra-

ran los ojos y pidieran a Fidel Castro, líder de la revolución, un caramelo. Cuando lo hicieron, la maestra
puso un caramelo en cada una de las manitas extendidas.

—No hay Dios —le dijo la maestra a la clase—. Sólo
hay Fidel.

¡Papi se enfureció al escuchar eso! La cara se le puso
tan roja... Creo que fue entonces cuando decidió que no
podíamos seguir viviendo aquí.

En abril es el aniversario de la invasión de Bahía de
Cochinos, cuando un grupo de exiliados, con la ayuda de
Estados Unidos, trataron de invadir Cuba y fueron de-
rrotados. En el libro de primer grado de Ana Mari hay un
poema titulado "Girón" que habla de la invasión. "Una
vez, en abril —dice el poema—, los yanquis nos ataca-
ron. Enviaron mucha gente mala. Querían destruir a
Cuba libre. El pueblo los venció. Fidel dirigió la lucha".

En la escuela, todo el tiempo escuchamos este
tipo de historias y mis padres temen que el gobierno
esté tratando de envenenarnos la mente. Mami y papi
nos dicen que no creamos todo lo que nos dicen en la
escuela porque eso es propaganda comunista. La única
forma de librarse de esto es abandonar nuestro país, sin
embargo, tengo miedo. Tengo miedo de ir a un lugar extraño, con un idioma extraño y gente extraña. Tengo

miedo de dejar a mis amigos y a mis abuelos maternos y a mi hermano. ¿Cuándo los volveremos a ver?

Jueves, 6 de abril

Tío Camilo vino a visitarnos desde su finca en Matanzas y nos trajo todo tipo de frutas frescas, un pedazo grande de jamón y una pierna de puerco. Mami rápidamente escondió todo lo que pudo en la nevera y abrazó y besó a su hermano mayor como si fuera uno de los tres Reyes Magos trayendo los regalos por la Epifanía. En cierto modo, me parece que sí lo es. Es imposible encontrar en las tiendas de la ciudad la comida que nos trajo. También se arriesgó a que lo metieran preso por transportar estos productos sin permiso del gobierno. Pero a tío Camilo no parece importarle el peligro. Cuando mami le advirtió que tuviera cuidado, él le dijo: "Mi hermana, con este gobierno hay que pedir permiso hasta para respirar. ¿Qué quieres que haga? ¿Que me asfixie?".

Tío se quejó de que Fidel Castro había jurado al pueblo que su revolución era tan cubana como las palmas. "¡Ja, ja! —se rió—, ¿con todos esos rusos sueltos por ahí? Esta revolución es más bien como la guayaba: verde por fuera y roja por dentro".

Sábado, 8 de abril

No me vas a creer lo que pasó mientras estaba con mami en la cola para comprar nuestras raciones de jabón. Una vecina le había dicho que se había enterado a través de la prima de su suegra, que había llegado un cargamento, así que salimos para allá al amanecer. Cuando llegamos, ya había una cola larga, pero esperamos de todos modos. Y esperamos. Y esperamos. Hacía mucho calor y la gente estaba con un humor de perros. Se armó una pelea entre dos hombres que estaban delante de nosotras, pero nadie trató de apartarlos, porque ninguno quería perder su lugar en la cola. Algunos alentaban al hombre alto y flaco, pero a mí me parecía que el gordo calvo estaba conectando más puñetazos. Los hombres comenzaron a moverse en círculos. En ese momento, una viejita detrás de nosotros gritó. Era uno de esos gritos que te ponen los pelos de punta.

Mami y yo nos volteamos y vimos a un anciano que vestía una guayabera amarilla tirado en el suelo, encogido como un guiñapo. El gordo y el flaco detuvieron la pelea y la gente empezó a llamar a un doctor. Al fin, una mujer joven se abrió paso entre las filas y se identificó como asistente médica de un laboratorio. Se inclinó hacia el hombre y presionó su muñeca entre los dedos.

Dijo que estaba muerto. Todos suspiramos, pero nadie se movió. A mi madre le temblaban las manos y la cara se le puso muy blanca. Me ordenó que mirara al frente y que dejara de volver la cabeza, pero cuando no me vigilaba le eché unos vistazos furtivos al hombre muerto. Mientras la cola avanzaba, la gente que estaba detrás de nosotros sencillamente le pasaba por encima. Al cabo de un rato, dos hombres de uniforme azul vinieron con una camilla y se lo llevaron.

Cuando nos tocó el turno, en la tienda del gobierno ya se había acabado el jabón. Malgastamos todo ese tiempo y, total, ahora no puedo sacarme de la mente la imagen del hombre muerto. Qué horrible morir de esa forma, sin familia, ni amigos alrededor de ti, esperando en una estúpida cola para comprar jabón racionado.

Lunes, 10 de abril

Mientras esperábamos la guagua, Ileana vio a su mejor amiga, Carmen, en la acera de enfrente. (De hecho, debería escribir su *ex*-mejor amiga. No se han hablado en dos o tres años). Ileana la llamó y Carmen se volvió a mirarnos, pero después continuó su camino como si nosotros no existiéramos. A lo mejor no nos reconoció.

Pero Ileana dice que nos ignoró a propósito. Ileana y Carmen solían hacerlo todo juntas, tanto así que mami las apodó "las mellizas", pero el papá de Carmen se convirtió en un peje gordo del Partido Comunista y hasta tiene un carro y chofer, y le permiten viajar fuera de la isla. Así que Carmen ahora se niega a hablarle a Ileana. No le devuelve las llamadas telefónicas e ignora a mi hermana como si fuera una cucaracha muerta. Ileana no culpa a Carmen. Está segura de que los padres de Carmen le han prohibido que socialice con nuestra familia porque nosotros somos contrarrevolucionarios.

Muchos amigos, vecinos e incluso parientes no se llevan bien porque los adultos discuten sobre quién pone las reglas en el país. Después de que el esposo de Cynthia, la prima de mami, fue ejecutado en el paredón de fusilamiento por tratar de derrocar al gobierno, Cynthia volvió a mudarse a la finca de sus padres en Camagüey. Antes de que se fuera, los miembros del Comité de Defensa de la Revolución de su barrio le tiraron tomates a su casa y fue despedida de su trabajo como secretaria. Nunca olvidaré el dolor y la ira que vi en los ojos de Cynthia el día que se fue, la misma mirada que tenía Mancha, nuestra vieja perra, cuando la encontramos después de que la atropellara un automóvil.

Viernes, 14 de abril

Ya he empacado para irme a la Escuela al Campo en Pinar del Río. Mi pequeña maleta lleva mi nombre: Yara García. Nos iremos por cuarenta y cinco días a este programa de escuela en el campo, pero no se nos permite cargar con mucho: unas pocas mudas de ropa, un cubo para bañarnos, las chancletas de madera y un sombrero. En la escuela nos dicen que el propósito de esta escuela especial es que los estudiantes aprendan sobre la agricultura y el trabajo del campo, pues éstas son parte importante de la economía de la isla, pero nadie se cree ese cuento. Papi dice que esto no es más que una excusa para obtener mano de obra gratis.

Aunque estoy terminando séptimo grado, ésta será la primera vez que voy a la Escuela al Campo. El verano pasado mis padres pudieron conseguir una justificación médica para que no fuera: tenía mononucleosis. A la pobre Ileana nunca han podido conseguirle una justificación para no ir. Ha tenido que ir cada año desde que cumplió los doce a ayudar en el cultivo del tabaco. A ella no le gusta hablar mucho de estas experiencias, tan sólo dice que el trabajo es duro. Se supone que durante este programa vayamos a clase en las tardes, pero Ileana dice que eso ocurre en raras ocasiones, porque hay mucho que hacer en el campo y trabajas desde el amanecer hasta que cae la noche, seis días a la semana.

Mami se preocupa por las malas influencias que voy a encontrar. Yo no tengo la menor idea de lo que quiere decir y, para ser sincera, estoy un poco emocionada con eso de estar lejos de casa por primera vez.

Sábado, 15 de abril

Ofelia, mi mejor amiga, irá a otra Escuela al Campo. Se puso muy triste al saber que no estaremos juntas, pero sus padres han arreglado su entrada a la Unión de Jóvenes Comunistas y creo que debe ser por eso que ella asistirá a otro programa. En la escuela, todos somos Pioneros y nos han asignado que vigilemos a los vecinos que pueden no estar completamente comprometidos con la revolución. La mayoría de mis amigos no se toma en serio esta tarea porque a ninguno de nosotros nos interesa mucho la política. Preferiríamos jugar entre nosotros o reunirnos para escuchar la radio. Pero cuando eres parte de la Unión de Jóvenes Comunistas, como lo es Ofelia, entonces la cosa es seria. Ella tendrá que participar en conferencias, marchas, concentraciones y someterse a entrenamiento militar. No puedo imaginarme a Ofelia haciendo todo eso. Ella preferiría bailar o tomarse un jugo de frutas tropicales con Luis, ese muchacho que le gusta tanto, pero por lo visto, tendrá que hacer lo que sus padres le digan que haga. Al igual que el resto de nosotros.

Lunes, 17 de abril

Debo escribir muy rápido y sin hacer ruido. No quiero que los profesores o el resto de las chicas noten que en realidad no necesito usar este inodoro excepto como escritorio provisional. Hoy temprano llegamos a la Escuela al Campo luego de un largo, insoportable y polvoriento viaje en guagua. Los chicos iban en una guagua, las chicas en otra. Aunque muchas de las muchachas mayores iban cantando y divirtiéndose, yo me sentía muy desgraciada y con miedo. El escenario, al menos, era bello, colinas onduladas y palmas altas, y cada vez que pasábamos junto a un guajiro que guiaba a su mula o a su buey, lo saludábamos. El campesino nos devolvía el saludo.

Una cerca de alambre de púas rodea el campamento. Hay una hilera de pequeños retretes detrás de nuestro dormitorio, el cual es una larga y tosca edificación hecha con la madera de las pencas de la palma. Cuando el viento sopla, silba a través de las paredes. (A veces el sonido, agudo y desafinado, me recuerda a mi abuela cantando una de sus canciones favoritas, "Bésame mucho" o "El manisero"). El bramido del viento me pone la carne de gallina.

Jueves, 20 de abril

Las camas son deplorables. ¿Las *camas*, escribí *camas*? En realidad son camastros, una tela de saco estirada entre dos palos, y los hay por docenas, cada uno alineado a medio metro del otro.

Como estamos separados por edades, todavía no he podido hablar con Ileana. Ella duerme en la otra punta del dormitorio. Yo gatearía en la oscuridad hasta allá si pudiera, sólo para ver una cara amiga, incluso si sólo fuera para oírle decir: "Boba-bobita", que es como le gusta llamarme, pero tengo miedo de que me sorprendan.

Lunes, 24 de abril

Los maestros nos despiertan antes de que cante el gallo, y tenemos diez minutos para prepararnos bajo la tenue luz de las lámparas de keroseno. (Esto es como viajar al pasado. ¡Lámparas de keroseno, imagínate tú!). Muchas de las chicas andan a tientas, bostezan y maldicen en voz alta mientras se visten. Hasta "sueltan vientos" delante de una, sin disculpas ni vergüenza. Aquí no hay ni privacidad ni normas de educación. De hecho, esto hace que compartir una habitación con Ileana se parezca al paraíso. ¡Y mira que nunca me gustó eso! Nuestro desayuno consiste en pan duro y café fuerte y a veces algún mejunje imposible de identificar. Avena, quizás. (A veces, en las noches, me duermo pensando en mi café con leche caliente y mi tostada de pan untada con mantequilla: por supuesto, eso es si mi madre ha podido conseguir mantequilla y leche ese mes con sus cupones de comida).

Luego vamos a trabajar al campo o a las casas de tabaco. A algunas se nos ha asignado amontonar las hojas secas de tabaco en unas pilas llamadas *pilones*. Debemos ponerlas en grupos compactos y rectangulares, y luego cubrirlas con hojas de plátano. No estoy muy segura de lo que hace Ileana, pero me parece que por ser mayor, debe de estar ayudando en la cosecha. La mañana es la mejor parte del día en la casa de tabaco, porque no hay mucho calor y a cada rato sopla una brisa. En las tardes, es sofocante e insoportable. Varias muchachas ya se han desmayado, pero yo me niego a darle a nadie la satisfacción de ver alguna debilidad en mí.

A la mayoría de las muchachas ya las conozco de la escuela, pero no tenemos mucho tiempo para hablar cuando trabajamos y por las noches todas estamos muy cansadas. También recuerdo lo que mami me dijo: "Resérvate las cosas. No confíes en nadie". Con quien más hablo es con una muchacha llamada Alina, pero nunca por mucho tiempo y sólo de cosas frívolas. Siento lástima por ella. Tiene un acné terrible y las otras la llaman Granito.

Muchas chicas aquí son malas. Empujan y atropellan en la cola para las comidas. Se burlan las unas de las otras. Afirman que sus padres o madres son los jefes del Comité de Defensa de la Revolución de su barrio o que sus familias pertenecen al Partido Comunista. Esperan obtener privilegios o respeto de este modo, pero esto sólo lo hacen para lucirse. Nadie quiere aparentar debilidad y todas quieren ser más revolucionarias que las demás. Siento lástima por todas nosotras.

Miércoles, 26 de abril

Pasaré seis semanas aquí y sólo de pensar en eso me dan ganas de gritar con toda la fuerza de mis pulmones. No sé cómo sobreviviré esto y, además, tan lejos de casa. Me hace recordar a Pepito y cómo se debe de estar sintiendo ahora que ha sido reclutado por las fuerzas armadas y tiene que dormir en una barraca llena de extraños. Mi pobre hermano. Ahora desearía haber sido más amable con él.

Unos cuantos días en este lugar y ya siento que me estoy convirtiendo en una hormiga, pequeña e insignificante, una entre tantas. Por eso, esta noche, para mantener lejos de mi mente mi vida de hormiga trabajadora, me he dado una tarea: no voy a llorar. No, no, no voy a llorar. Esto es lo que me he prometido. Dios y la Virgencita de la Caridad, por favor, por favor, ayúdenme.

Viernes, 28 de abril

Ileana estaba en lo cierto. En raras ocasiones vamos a clase en las tardes. Siempre hay una labor que realizar por el bien de la revolución. De todos modos, esta tarde fuimos a la escuela, pero fue una pérdida de tiempo porque todo lo que hicimos fue leer los discursos de Fidel Castro. ¡Son tan largos!

Domingo, 30 de abril

Mami siempre me dice que si uno se concentra en pensamientos positivos, puede mantenerse feliz. Sin embargo, es tan difícil mantenerse positivo en este sitio. Lo único que puedo hacer es recordar que mi situación podría ser peor. Por ejemplo, sé que entre la gente del gobierno se habla de enviar a los estudiantes a internados en el campo, donde los alumnos trabajan y estudian todo el año escolar, no sólo cuarenta y cinco días. Sólo podrían ir a casa los fines de semana. Si el gobierno decide hacer esto, sería terrible para los niños. Para los padres también, porque sé cuánto sufrieron mi mamá y mi papá cuando Pepito fue reclutado y cuando Ileana partió para la Escuela al Campo en los últimos años.

Miércoles, 3 de mayo

Tuvimos una inspección-sorpresa esta tarde. Una de las maestras te encontró, mi querido amigo. Te abrió, echó un vistazo entre tus páginas, luego te tiró en mi camastro. ¡Fiú! Todo el cuerpo me temblaba, pero ahora me doy cuenta de que probablemente no pudo leer mi caligrafía sin sus espejuelos. Mis letras son pequeñitas y por una buena razón: quiero escribir tanto como sea posible en cada página.

Detesto sentir miedo por todos y por todo. Me hace sentir indefensa.

Viernes, 5 de mayo

Algunas de las chicas más crueles me han apodado Vani, diminutivo de *vanidosa*, y cuando escuché esto por primera vez sentí como si me hubiesen dado una patada en el estómago, pero me mordí los labios fuertemente para no llorar delante de ellas. Ahora no me importa. No me pueden tocar. No me pueden hacer daño. Sus palabras no significan nada, trato de que mi corazón sea como un peñasco, demasiado duro y pesado como para voltearse. De todos modos, así de duro y pesado lo siento.

Sábado, 6 de mayo

No puedo escribir mucho. Tengo ampollas en las manos.

Martes, 9 de mayo

Anoche, cuando iba al baño para escribir, me topé con Hilda, la espía voluntaria de mi grupo, las Jóvenes de la Vanguardia.

—¿Por qué pasas tanto tiempo en el baño cada noche? —me preguntó.

—Usa tu imaginación —contesté.

—¿Qué llevas en esa jaba?

—No te importa.

Trató de arrebatármela, pero la pellizqué y la arañé. Se quejó a la compañera Nilsa, pero yo le expliqué que tenía el período y esa jaba contenía toallas sanitarias de mi casa, que son todo un lujo aquí. No me castigaron, pero a Hilda tampoco. Espero que se muera en la Ciénaga de Zapata, atacada por un millón de mosquitos y que se la traguen las arenas movedizas.

Domingo, 14 de mayo

Mami vino de visita y nos trajo a Ileana y a mí una jaba de carne en lata que había comprado en La Habana, en el mercado negro. Yo tenía tanta hambre que quise comérmela toda de una sentada, pero ella nos hizo prometer que guardaríamos para las semanas restantes.

Mami se puso a llorar cuando nos vio. Yo también quise hacerlo, pero me contuve para que no se sintiera peor. Le dio un sermón a Ileana, diciéndole que tuviera cuidado con los muchachos que trabajan en el campo y duermen en barracas al otro lado del campamento. Por lo general, Ileana frunce las cejas ante las peroratas, pero esta vez no lo hizo. Otras chicas me han dicho que aquí hay muchos "juegos de manos" entre los alumnos y alumnas mayores, que las muchachas no respetan el horario de dormir y que los maestros no los supervisan debidamente.

Para poder hacer este viaje de visita, mami tuvo que ir dos veces durante la semana a un pase de lista en la estación de trenes de La Habana, para garantizar que no perdería su asiento en el "tren de los padres". Salió de La Habana a medianoche y llegó temprano en la mañana a Ovas, un pueblo cercano. Entonces, con el resto de los padres, tuvo que caminar por un sendero arenoso desde la estación hasta el campamento. Una de las muchachas nos dijo que era una caminata de varios kilómetros, pero mami insistió en que fue un tramo corto. Yo creo que dijo eso para que no nos preocupáramos.

Me sentí muy mal al verla irse. Ileana también. Y deberías haber visto a todas las demás muchachas que también se echaron a llorar cuando sus padres se fueron. Los sollozos eran como el viento colándose entre las paredes de madera de nuestro dormitorio.

Martes, 16 de mayo

No me queda energía. Nos han dado una norma de trabajo, pero ha cambiado tantas veces en la última semana que ya ni me acuerdo. Además, ya es obvio que nadie será capaz de alcanzar estas cifras. Todas nosotras somos chicas de ciudad, no estamos acostumbradas al trabajo en el campo. Sin embargo, este factor parece no importar y los responsables del trabajo han organizado maratones de trabajo diarios que comienzan al amanecer y terminan a las diez de la noche. Estoy tan cansada que casi no puedo levantar la pluma.

Algunas de las muchachas quieren hacer una huelga.

Dicen que si todas dejamos de trabajar a la vez, podemos demandar mejor comida, menos horas de trabajo y quizás hasta un regreso a casa adelantado. Después de todo, no nos deberían tratar como prisioneras. Se supone que seamos voluntarias, dicen estas muchachas. Yo estoy de acuerdo, pero no confío en ellas. Creo que ellas son lo que mi padre llama *infiltrados*, espías. Están tratando de enmarañarnos, tratan de poner a prueba nuestro compromiso con la revolución antes de chivatearnos. No voy a caer en esa trampa.

Sin embargo, quisiera gritar cómo me siento realmente. Gritárselo en la cara a la compañera Nilsa y a la compañera Marta, que nos hacen leer en alta voz los discursos de Fidel cuando estamos agotadas, que se burlan de nosotras si nuestros padres no son miembros del Partido, que nos dan tareas extras si nos reímos de un chiste contrarrevolucionario. Ahora mismo me siento como una olla de presión, a punto de estallar.

Viernes, 19 de mayo

¿Es éste el infierno? Seguramente tiene que serlo y a alguien se le olvidó decírmelo. Escribiré más luego, cuando los brazos no me duelan tanto.

¡Feliz cumpleaños a mí! Tengo trece años. ¡Feliz cumpleaños a mi país, también! Hoy es el Día de la Independencia de Cuba, es por eso que mis padres me nombraron Yara, por el *Grito de Yara*, aunque eso no sucedió en mayo, sino en octubre de 1868. Ese día, los cubanos proclamamos nuestra independencia de España. Poco después se desató una guerra de diez años, pero no fue exitosa. En realidad, no nos separamos de España hasta finales del siglo XIX* y ahora celebramos en mayo y octubre.

Esta tarde hubo actividades: un desfile alrededor de unas banderas seguido de discursos de los alumnos mayores. Una chica que parece un burro habló de nuestras responsabilidades para con la revolución. Otra habló de cómo nosotros somos el Hombre Nuevo y la Mujer Nueva, la generación con la que José Martí, el héroe cubano de la Independencia, había soñado. Bla, bla, bla. Fue horrible. Nadie recordó mi cumpleaños. Ni siquiera Ileana. Bueno, a lo mejor sí lo recordó, pero no pudimos hablar.

*En 1898, nos separamos de España y, hasta 1901 (20 de mayo) estuvimos bajo la tutela de Estados Unidos.

Domingo, 21 de mayo

Aunque estábamos agotadas al punto del desmayo, los profesores convocaron a una reunión esta noche pues encontraron material contrarrevolucionario en nuestras pertenencias. Por supuesto, inmediatamente pensé en ti, mi librito, mi único consuelo. Las piernas me temblaban y el corazón me palpitaba. Pero no, gracias a Dios, no tenía que ver conmigo ni con nada mío.

A una chica le descubrieron una Biblia y otra tenía una postal de bordes dorados con la plegaria a Nuestra Señora de la Caridad. Las dos cosas fueron confiscadas y a las chicas se les dio trabajo extra. Después de todas esas horas en el campo, ahora deben ir a limpiar los baños. Letrinas, en realidad. Que Dios me libre de eso. Esos baños huelen horriblemente y por las noches están llenos de sapos y ranas.

No entiendo cómo se permite este tipo de castigo. ¿Quién les dio el poder a estos compañeros? ¿Un gobierno que hizo promesas de democracia y libertad y se olvidó después de cumplirlas?

Martes, 23 de mayo

Lo echo todo de menos: a mi madre, a mi padre, el portal embaldosado de mis abuelos, el refrescante batido de melón de las tardes de verano. Echo de menos los baños limpios. Echo de menos mis propias ropas. Echo de menos las bañaderas con agua tibia. Echo de menos el agua helada. Echo de menos tener un poco de tiempo para mí misma. Echo de menos la textura de las palmas de mis manos cuando eran suaves.

Domingo, 28 de mayo

Tres días más. Tres, tres, tres. Un número mágico. Hago la cuenta atrás con tanta alegría. Ahora que lo pienso bien, tres nunca ha parecido una cantidad tan inmensa. Por fin entiendo el concepto de infinito que con tanto esfuerzo nuestros profesores de matemáticas han tratado de enseñarnos.

Miércoles, 31 de mayo

¡A casa! ¡A casa! ¡Vamos a casa! Y tú, mi querido amigo, regresas conmigo; un poco más sucio, un poco más desgastado, pero tan feliz como yo.

Más tarde

Mami me miró de arriba abajo y estalló en llanto. "¡Te has convertido en una mujer!", dijo, pero no parecía feliz por ello. Ana Mari dice que mi piel está tan tostada como una nuez. Pasó sus deditos por los callos que tengo en las palmas de las manos.

Estoy demasiado cansada para escribir. Mis huesos parecen haberse convertido en agua.

Lunes, 19 de junio

Me han dicho que no me podré matricular en la escuela el próximo año porque mi familia se va del país. "No queremos gastar recursos en la gente que no sirve para nada", me dijo uno de los profesores. ¿No sirvo para nada? He sacado las notas más altas en la mayoría de las asignaturas. Eso fue lo que quise decirle, pero tuve que morderme la lengua como mami en repetidas ocasiones me ha dicho que haga. Además, esta noticia no fue una sorpresa. Les pasa a muchos estudiantes. A Marcos, nuestro vecino de al lado, lo expulsaron en el último semestre del preuniversitario porque se negó a decir delante de sus compañeros de clase que su padre, un ministro metodista, era una escoria antisocial. Me da lástima, ahora está todo el tiempo en la casa buscando algún trabajito que hacer. Marcos quería estudiar para dentista, pero por cuenta de las creencias religiosas de su padre, no podrá hacerlo.

Martes, 20 de junio

Recibimos una carta de Pepito. De hecho, déjame corregir algo. Recibimos un *sobre* dirigido a mis padres, José Calixto y Cecilia, con su letra, pero estaba abierto y vacío. En algún momento debió de haber una carta en el sobre, pero a lo mejor se salió o los censores del gobierno se la quedaron.

El sobre vacío no contribuyó en nada a levantarle el ánimo a mami. Aunque yo pienso que una carta o, en este caso, una carta perdida, puede ser considerada como una buena noticia, porque quiere decir que Pepito se sintió lo suficientemente fuerte como para escribirla, mami piensa lo contrario. Insiste en que él debe de estar en una situación peligrosa y, por tanto, el gobierno no quiere que nosotros leamos nada sobre su paradero. Ella trata de no llorar, pero las lágrimas siguen deslizándose lentamente por su rostro. Yo quisiera que papi estuviera aquí para consolarla. Por otra parte, no hemos sabido nada de él desde que se fue a la agricultura.

Sábado, 1 de julio

Caminé hasta casa de Ofelia, pero no me quiso abrir la puerta. "¡Vete! —me ordenó—. Me voy a meter en problemas si mi mamá te ve". Cuando dijo eso, mi estómago pegó un brinco. Mis ojos estaban ardiendo. La volví a llamar, pero no contestó ninguna de mis súplicas. Se ha convertido en una persona que no reconozco desde que entró a la Juventud Comunista. No puedo creer que sea capaz de renegar de nuestra amistad tan fácilmente.

Viernes, 7 de julio

La cara de mi abuelo Pancho era de color ceniza cuando pasó por aquí a decirnos que a tío Camilo lo habían arrestado por vender los productos de su finca en el mercado negro. Mami accedió a ir con su padre a la estación de policía para obtener más detalles y ahora ya van casi tres horas desde que se fueron. Ana Mari lloriquea asustada y yo no sé qué hacer con ella. Yo también estoy asustada. ¿Y si meten a mami en la cárcel también?

Deseo que Ileana regrese. Se escabulló a casa de su amiga tan pronto como mami y abuelo salieron a la policía y tampoco tenemos noticias de ella.

Sábado, 8 de julio

Por haber sido la primera vez, tío Camilo sólo tuvo que pagar una multa por vender sus productos en el mercado negro. También lo obligaron a pasar la noche en prisión, aunque mami y abuelo Pancho hicieron todo lo posible para que lo liberaran. Cuando vino a visitarnos esta mañana antes de regresar a su finca, se veía como si no hubiera dormido en absoluto. También estaba muy furioso.

—No he hecho nada inmoral —rugió—. Esos son *mis* productos, de *mi* finca, cultivados con *mi* guataca y *mi* sudor.

Mami corrió a cerrar las ventanas, mientras lo hacía callar, por temor a que los vecinos escucharan. Ileana y Ana Mari soltaron unas risitas. Yo me sentí muy mal por tío Camilo, pero también por nosotras. Es terrible tener miedo a cada momento de hacer o decir algo incorrecto. Vivimos en una prisión sin barrotes.

Mami recibió hoy la noticia de que todos nuestros papeles están en orden y nuestras visas fueron aprobadas. Nos iremos el mes próximo, cuando papi regrese de la agricultura. Ella cerró las ventanas, bajó las persianas y encendió la radio antes de decirnos esto. No quiere que ninguno de nuestros vecinos lo sepa y nos hizo prometer a cada una de nosotras que no se lo diremos a nadie. Un poco más tarde, llamó a sus padres. Usó el código que hemos establecido para cuando hay información importante que debe ser comunicada en persona: "Julio trajo dos jabas de mangos maduros. ¿Quieren que les guardemos unos cuantos?". Así que después de oír lo de Julio y sus mangos, mis abuelitos vinieron inmediatamente y leyeron todos los documentos oficiales con mami. Nos abrazamos y lloramos, subimos el volumen de la radio. Ileana hasta bailó un cha-cha-chá.

Al cabo de un rato, mami hizo un alto en la celebración y me pidió que tomara nota. Empezó a hacer una lista de los mandados que tenemos que hacer en preparación para nuestra salida. Vamos a estar muy, muy ocupadas. Lo primero de la lista: contactar a Pepito. Él debe pedir un pase para venir a casa a despedirse.

No sé si debo sentirme emocionada o molesta. Creo

que debería sentir una mezcla de ambas. Una parte de mí está curiosa por saber qué hay al otro lado del estrecho de la Florida. ¿Será un lugar maravilloso donde haré nuevos amigos y la pasaré bien? Sin embargo, otra parte de mí está asustada. ¿Y si la gente no es amistosa? ¿Cómo voy a entender lo que dicen en inglés?

Miércoles, 26 de julio

Hoy tuvimos el gran desfile en la plaza para conmemorar el asalto de Fidel Castro al Cuartel Moncada, que inició la revolución en 1953. (Ahora que lo pienso, yo ni siquiera había nacido). No quería ir, pero Maruja, que es la jefa del Comité de Defensa de la Revolución en nuestro barrio, vino a buscarnos. Mami no quiere que llamemos la atención, así que fuimos al desfile con unas caras largas y el corazón destrozado. Las guaguas estaban mal ventiladas y la gente se desmayaba a diestra y siniestra a causa del calor asfixiante. ¿Crees que le importó a alguien? Por supuesto que no. Lo único que les interesa es que las masas se desplieguen a lo largo de la plaza, para que los periodistas puedan ver millones de personas mostrando su apoyo al Máximo Líder. ¡Qué gracioso!

Había decenas de miles de personas participando en

el desfile, trabajadores traídos en guaguas desde sus fábricas, niños de las guarderías con sus pañoletas rojas de pioneros y estudiantes como nosotros que venían de sus actividades. Cuando un hombre gritaba instrucciones a través de un megáfono, nosotros obedientemente marchábamos y vitoreábamos y gritábamos consignas revolucionarias: "¡Patria o muerte, venceremos!" y "¡Cuba sí, yanquis no".

Mi garganta está muy adolorida de tanto gritar. Mi corazón también. Siento como si las mentiras y la simulación me lo hubieran hecho trizas, por tener que fingir que creo en algo que sé que no es verdad. También siento vergüenza por no haber tenido coraje para negarme a ir al desfile. ¿Cómo es que puedo vitorear a un gobierno al que mi familia se opone, el mismo gobierno que envió a mi papá a trabajar al campo sólo porque estamos en desacuerdo con sus políticas y queremos irnos? ¿Por qué no miré a la mandona de la compañera Maruja a los ojos y le dije lo que puede hacer con su Comité de Defensa de la Revolución?

Papi siempre nos dice que el Hombre Nuevo que los comunistas quieren crear con sus reglas es en verdad un hipócrita social que dice una cosa, pero cree otra. Así es como me siento. Pero entonces oigo las advertencias de mi madre. No puedo hacer nada que pueda llamar la atención sobre mí. Debemos conformarnos. Debemos hacer silencio. Estamos muy cerca de lo que queremos. Irnos. A la libertad. No obstante, me pregunto, ¿a qué precio? Puedo sentir cómo esta rabia y este resentimiento burbujean dentro de mí, como café puesto a colar.

Martes, 8 de agosto

Papi por fin está en casa. O a lo mejor debería decir que un hombre que se parece a mi padre está en casa. Ha perdido mucho peso y ahora tiene canas. Mami bromeó con respecto a su pelo, pero él no se rió. Ni tan siquiera pareció alegrarse al saber que habíamos recibido nuestros permisos de salida.

Sábado, 12 de agosto

Son las diez de la noche y papi sigue sentando solo en el portal. Cuando la gente viene a visitarnos, él se mete en su cuarto. Si mami o cualquiera de nosotras le habla, él responde sí o no, pero no dice mucho. ¿Qué es lo que le pasa?

Martes, 15 de agosto

No podremos ver a Pepito antes de irnos. Está recibiendo entrenamiento en algún lugar en las montañas y le negaron el permiso para visitar a su familia de *gusanos* antes de que nos vayamos para el infierno *yanqui*. Así nos lo dijo papi, como si estuviera haciendo un chiste. Después no dijo más nada, sólo fue a su cuarto y dio un portazo.

Mami se sentó en la sala y lloró con mis abuelos. Ileana dijo que le escribiríamos a Fidel Castro y le pediríamos que nos dejara ver a nuestro hermano. A mí nunca se me hubiera ocurrido esa idea, pero así es como piensa mi hermana. Abuelo Pancho le dijo que no fuera ridícula. Se pusieron a discutir y yo me metí en mi cuarto con tal de no estar ahí.

Todas nuestras cosas están empacadas. Bueno, no todas. El gobierno no nos deja llevarnos nada que sea de valor, y el peso y el número de los maletines es limitado. No puedo traer la mayoría de mis vestidos y zapatos, ni mi linda cajita de joyas. Supongo que en el futuro tendremos otras nuevas, pero voy a echar de menos algunas de estas prendas que he tenido por tanto tiempo, especialmente mis aretes de bebé y el pequeño brazalete dorado de identificación que recibí por mi quinto cumpleaños. Esas cosas nunca las podré reemplazar.

De lunes a viernes hay dos vuelos que llevan cubanos a Miami. El puente aéreo empezó en diciembre de 1965, cuando nuestro gobierno y el gobierno de Estados Unidos acordaron permitir a gente como nosotros que abandonara la isla. Yo nunca he montado en avión, así que espero con ansia esta experiencia. ¿Será un vuelo largo? ¿Dónde nos sentaremos? (Yo quisiera un asiento junto a la ventanilla). ¿Podremos respirar a tanta altura o tendremos que ponernos una máscara? ¿Flotaremos como si estuviéramos en el espacio? ¿Debo llevar un bocadito para comer? Mami se ríe cuando le hago todas estas preguntas. Dijo que es como tomar un autobús en el aire.

"Siempre recordarás este vuelo", me asegura.

Viernes, 18 de agosto

Estamos en el aire, volando. Aunque nunca he estado en un avión, no siento miedo. Me hace recordar a Pepito, porque él siempre decía que quería ser piloto. Me pregunto si estará pensando en nosotros mientras yo pienso en él.

Ahora hay muchas nubes y parece como si nos abriéramos paso a través de algodón. Pero cuando despegamos en el aeropuerto de Varadero, el día estaba despejado. Desde el asiento de la ventanilla junto a papi, pude ver el verde y el marrón de la isla y luego el azul intenso del océano. Papi también miró afuera y suspiró. Dijo que nosotros ahora éramos oficialmente exiliados. Yo le pregunté qué quería decir eso exactamente y respondió que no éramos de ningún lugar, ni de Cuba ni de Estados Unidos. A lo mejor exilio quiere decir quedarse para siempre en un avión, suspendido sobre el océano, como estamos nosotros ahora.

Mucha gente lloró al despegar el avión, entre ellos mi madre. Una pareja de ancianos gemía y gemía. Incluso con mis oídos a punto de estallar, podía escucharlos. Decían una y otra vez que iban a vivir sus últimos años, y luego morir, entre extraños. No pienso que ninguno de los dos se vaya a morir pronto. Ambos parecían muy fuertes y rollizos.

En la fila detrás de la nuestra hay dos niñas que viajan solas. Pienso que la mayor debe de tener mi edad y deben de ser hermanas, porque tienen el mismo pelo castaño y los ojos verdes de gato. Hay sobres prendidos a sus blusas blancas con sus nombres en tinta roja. Han estado todo el viaje tomadas de la mano. Si yo estuviera en sus zapatos, estaría temblando como una hoja. Tendría miedo de irme de casa solita en un avión. Desearía poder hablarles, preguntarles por qué se van y con quién esperan encontrarse en Miami, pero papi me dijo que no me quedara mirándolas.

Mi papi. Deberías ver su cara. Es dura como una piedra. Cuando habla, casi no mueve los labios. Creo que está intentando, muy, pero muy intensamente, no llorar.

El piloto acaba de anunciar algo. ¡Aterrizaremos en breve!

Miami, Florida

Domingo, 20 de agosto

Debes de haber pensado que te olvidé en un maletín, pero no fue así. Hemos estado muy ocupados. Todo el fin de semana, amigos y familiares han venido a hacer visitas que empiezan en la mañana y duran hasta la noche. Tanta gente y no puedo recordar a la mayoría. Algunos me dicen que he crecido y he cambiado. Otros me dicen que estoy igualita. ¡Los adultos no se ponen de acuerdo!

Hoy fue un día especialmente ajetreado. La familia que vivía a la vuelta de la esquina de nosotros en Cuba, pasó por acá. Trajeron una bolsa de ropas donadas por su iglesia. La mayoría fue para Ana Mari, pero yo pude «entrar» en una bonita blusa blanca con un lazo en el cuello y también en un suéter azul, que usaré en el invierno. Ileana se quedó con una cartera negra y cuadrada.

Papi y tío Pablo también se reunieron con sus amigos y discutieron sobre Cuba durante horas en la sala. Por lo que pude oír, un bando abogaba por una invasión y el otro bando quería que la gente se sublevara desde adentro. Nadie parecía estar de acuerdo y después de que abuela María les ofreció café a los hombres, sacudió la cabeza y me susurró: "Con tanto hablar y tan poco hacer, no vamos a lograr nada". Luego quiso darme unas palmaditas en la cabeza, pero al notar que soy más alta que ella, me dio las palmaditas en la mano. En la cocina, las mujeres también hablaban, pero era sobre los niños y lo que necesitaban en sus nuevos hogares o acerca de todos los parientes que aún estaban en Cuba. Todos han dejado atrás un padre o un hermano o un hijo. Una mujer empezó a llorar porque su madre se está muriendo y ella no puede regresar a la isla a verla. A mí eso me parece muy triste. Una familia debe mantenerse unida, por lo menos hasta que los hijos se casen. Después, los hijos deben vivir cerca.

Nos estamos quedando en una casa de tres cuartos, con tío Pablo, el hermano mayor de mi papá. Papi y tío Pablo se parecen un poco, con ese mismo bigote de colita de perro, pero mi tío es más grueso y menos serio. Su esposa, tía Carmen, es bajita, muy delgada y se ríe todo el tiempo. A ella todo le parece gracioso. Mi primo Efraín tiene diecisiete años, más joven que Pepito y mayor que Ileana. Se parece a su padre, con el mismo pecho corpulento, pero sin el bigote. A él le encanta hacer bromas. El primer día que pasamos aquí, tenía escondido en la palma de la mano un aparatito que hacía un ruido. Cuando nos estrechó la mano, hizo "gong". Hasta papi se sorprendió.

También en la casa viven abuelo Tony y abuela María, mis abuelos paternos. Abuelo Tony era médico cuando yo estaba aún en pañales, pero ya no puede ejercer más la pediatría. Abuela María es delicada y tiene hoyuelos en las mejillas y parece estar permanente adherida al costado de mi abuelo. Su pelo es completamente blanco y lo lleva en dos trenzas sujetas alrededor de la cabeza. Es raro escucharla llamar a mi padre por su nombre completo, José Calixto. No los veíamos desde que se fueron en 1965, pero todos están igualitos.

La casa está llena de gente. Los adultos tienen habitaciones y Ana Mari duerme en un catre junto a mis padres. Efraín duerme en un sofá al fondo, en lo que aquí le dicen un *Florida room*, que está justo al lado de la cocina. Ileana y yo compartimos un sofá-cama en la sala. Es incómodo y rechina cuando nos movemos. Ileana acapara el cubrecama.

Lunes, 21 de agosto

Todos los cubanos deben presentarse al Centro de Emergencia para Refugiados Cubanos. "El Refugio" es un edificio alto, alto, de unos diecinueve o veinte pisos, que culmina en una cúpula con torres delgadas. Papi dice que se llaman alminares. El Centro está al otro lado de la calle, frente a la bahía, y cuando el viento sopla del oeste, como ocurrió mientras estábamos ahí, el mar te moja los brazos y las piernas. Me recordó un poco al Malecón, el viejo muro rompeolas de La Habana, y terminé con un nudo gigante en mi garganta.

El Refugio. Es un nombre muy apropiado, pues el lugar está lleno de gente como nosotros, refugiados que esperan encontrar trabajo o un lugar donde vivir o localizar a sus familiares en la ciudad. A algunas familias les entregaron abrigos y pasajes de ida (por avión) a diferentes ciudades si no conocían a nadie en Miami. Mami y papi tuvieron que llenar muchos documentos y contestar muchas preguntas. Todos los trabajadores sociales hablaban español y muchos de ellos eran cubanos. Como papi todavía no tiene trabajo, el gobierno le dio cien dólares y un cupón que nos permite ir a buscar comida a un almacén. Tía Carmen dice que ahí podemos conseguir leche en polvo, huevos en polvo, queso, carne enlatada, harina y otros alimentos de primera necesidad.

Me pregunto por qué un gobierno extranjero entrega dinero y comida así como así. A lo mejor este país tiene tanto, que puede donar lo que le sobra. "No es sólo eso —me dijo tía Carmen más tarde—. Los *americanos* son un pueblo generoso. Este es un país construido por emigrantes y refugiados, gente como nosotros, que ha llegado sin un peso y con el corazón partido a la mitad, y que luego han encontrado aquí refugio y confort". Creo que de ahí es de donde le viene el nombre a El Refugio.

Miércoles, 23 de agosto

Tía Carmen le cortó el pelo a mami. Cada mechón que cayó al suelo me recordó algo que he perdido, algo que no puedo recuperar. ¿Tendrá sentido eso? Es como si el pelo largo de mami representara cómo eran nuestras vidas (y cómo me gustaría que fueran de nuevo), cuando yo era más pequeña y papi era más feliz y Pepito no estaba en el ejército y todos nuestros parientes vivían cerca. Por otra parte, mami con el pelo corto es algo nuevo, extraño, diferente. No me acostumbro a ella con ese estilo. No se parece en nada a una madre.

Jueves, 24 de agosto

Fuimos a visitar a Efraín a su trabajo. Trabaja en una tienda llamada *Tandy Leather*, que está en una calle que se llama *Flagler*, y allí vende equipos de artesanía que sirven para hacer chalecos bordados, cintas de pelo y sandalias. Mientras estábamos en la tienda, Efraín atendió a una clienta. Le habló durante un largo rato y nosotros nos quedamos boquiabiertos con su dominio del inglés. Era fácil notar que él también estaba muy orgulloso de su inglés. Ahora Ileana dice que quiere conseguirse un trabajo después de clases, igual que Efraín. De esa manera, podrá ganar dinero para ayudar a la familia y a la vez aprenderá a hablar inglés. A tía Carmen le gustó la idea, pero mami levantó las cejas, como hace cuando piensa que nos estamos sobrepasando. Yo pienso que un trabajo sería una buena idea. Si tuviera edad suficiente, yo también querría uno.

Efraín también nos presentó a su jefe, que no habla una gota de español, pero sabe decir "buenos días" y "adiós". Dice que sus padres inmigraron a Nueva York desde Alemania y Austria hace muchos, pero muchos años. Más tarde, caminando rumbo a casa, mami nos explicó que nosotros somos exiliados, no inmigrantes. "Hay una gran diferencia", nos insistió. "¿Cuál es?", le pregunté. Ella nos explicó que los inmigrantes planean quedarse en el país nuevo, mientras que los exiliados sólo viven ahí por un tiempo. Eso me recordó lo que me dijo papi en el avión, aquello de estar entre dos países. Mami también dijo que nuestra vida aquí es provisional, pues tan pronto el gobierno comunista sea depuesto, regresaremos a Cuba a continuar nuestras vidas allá.

"Esto nos parecerá como si hubieran sido unas largas vacaciones, eso es todo", dijo.

Bueno, entonces Efraín ha estado de vacaciones durante dos años. Y si son vacaciones, ¿cómo es que tenemos que ir a la escuela y buscar trabajo y llenar documentos en El Refugio?

Viernes, 25 de agosto

Me pregunto cómo estarán mis amigos en La Habana. ¿Seguirán caminando las tres cuadras rumbo a la heladería? (Lo que más extraño es el helado rojo de mamey. Claro, la tienda no siempre tenía la leche o la crema para hacer helado. Pero cuando lo hacían, ¡era tan rico!). ¿Jugarán a los yaquis sin mí en casa de Ofelia? ¿Ofelia seguirá participando en la Unión de Jóvenes Comunistas? ¿Seguirán todos, incluso Ofelia, siendo amigos? Si me pongo a recordar mucho, me entra un dolor en el pecho y los ojos me arden.

Es todo por hoy. Ileana me está dando lata para que apague la luz.

Sábado, 27 de agosto

Hoy fuimos al *Crandon Park* y almorzamos al aire libre. Nadamos en la playa de este parque de diversiones. Hacía tanto calor que el océano parecía una bañadera de agua caliente. Tío Pablo nos dijo que esta playa está en una isla llamada Cayo Biscayne, y que mucha gente rica viene a vacacionar aquí. Cuando papi oyó esto, dejó escapar un sonido medio cómico desde el fondo de su garganta y dijo que quienes estén acostumbrados, como nosotros, a Varadero, Boca Ciega y Santa María del Mar, las playas de Cuba, pasarán un mal rato tratando de adaptarse a un lugar mediocre como éste. Me parece que no fue muy agradable que dijera eso. Por otro lado, abuelo Tony le dijo a papi que disfrute lo que tiene en lugar de ponerse a añorar lo que le falta.

Por lo menos, la pasamos bien jugando en el océano. También nos encontramos con algunos amigos de Efraín, que estudian en su escuela. Nos enseñaron un juego que se llama *football* y se juega con una pelota marrón y puntiaguda. Ésta fue la parte que más le gustó a Ileana, pues los chicos le estaban echando unas miradas que ni te cuento. Pero entonces papi le dijo que regresara a nuestra mesa y se portara como una jovencita seria. Regresó brava, dando pisotones. En la tarde, Efraín nos enseñó el zoológico. Nos compró granizados. En inglés se les dice *snow cones*. Ésas son las primeras palabras en inglés que he aprendido por mí misma. *Snow cone*.

Se me olvidó ponerme un sombrero y ahora tengo la nariz y las mejillas más rojas que un tomate.

Martes, 29 de agosto

Papi empezó a trabajar hoy en un hospital llamado el *Jackson Memorial*. Tío Pablo también trabaja ahí. Le pregunté a papi en qué consistía su trabajo, pero con la mano me hizo señas de que me fuera y, muy enfadado, dijo que lo que hace sirve para alimentar a la familia y eso es todo cuanto debe importarme. Fue tan cruel que dijera eso. Yo no tengo la culpa de que no esté feliz con su trabajo. En verdad, no parece estar feliz con nada.

Un poco más tarde, mami me dijo que él trabaja como contador.

Miércoles, 30 de agosto

Ah, ¡el olor de la guayaba! Cómo me recordó a mi hogar. En la casa de la prima de tía Carmen hay un par de matas de guayaba y están que casi se doblan de tanta fruta. Cuando fuimos de visita, recogimos tantas como nos fue posible y ahora ese aroma peculiar perfuma toda la casa. Todos nosotros hemos comentado esto. "Te acuerdas de cuando...", hemos dicho, y después cada uno ha contado una anécdota que tiene que ver con la fruta.

Viernes, 1 de septiembre

Estoy que me caigo del aburrimiento. No hay nada que hacer, excepto ayudar a abuela a limpiar o a cocinar. He intentado mirar la televisión, pero no entiendo lo que dicen. Efraín me ha sugerido que lea libros y trajo a casa algunos que su jefe le regaló. Son las aventuras de un hombre llamado *Doc Savage*. Hice un esfuerzo por adivinar las palabras, pero era muy difícil. Mami dice que va a tratar de conseguirme unos cuantos libros en español, para que me entretenga. Ella también cree que una vez que empiece la escuela, haré nuevos amigos y me sentiré mejor con la decisión de quedarnos en Miami. Espero que tenga razón.

Martes, 5 de septiembre

¡Odio esto! ¡Lo detesto! ¡No puedo más! No me importa lo que diga mami. Sé que nunca, pero nunca, nunca, nunca, me va a gustar esta escuela. ¿Cómo se supone que entienda lo que dice la profesora? El inglés suena como si fueran palomitas de maíz reventando fuerte y rápidamente en el horno.

"Paciencia, hija, paciencia", me dice mami, pero lo único que me ha traído la paciencia es desilusión. ¿Ella entenderá eso? No sé cómo pedir permiso para ir al baño. No tengo amigos y no espero tenerlos. Ni siquiera sé adónde tengo que ir en la escuela y hoy mismo en dos ocasiones fui a dar al aula equivocada. (Ileana, que está en el último año de bachillerato en el *Miami Senior High*, dice que ella se perdió rumbo a cada una de sus clases, pero siempre hubo un muchacho dispuesto a ayudarla. Algunos hablan español. Y en una de las veces que se perdió, encontró el busto de nuestro José Martí en un patio. ¡Imagínate tú!).

Curso el octavo grado en el *Citrus Grove Junior High*. Hoy mami y abuela María me llevaron a la escuela, pero a partir de mañana tomaré un autobús amarillo. La escuela me parece enorme, con su campo para educación física, grande y cubierto de hierba y sus largos pasillos con docenas de aulas a cada lado. No se parece en nada a mi escuela en La Habana. Aquél era un edificio de doscientos años, con bóvedas en las entradas y portales espaciosos. Y hasta que el gobierno las expulsó en 1961, tuvimos monjas que se vestían como pingüinos. *Citrus Grove* admite tres niveles, o grados, que es como les llaman aquí. Tengo un profesor distinto para cada asignatura, pero eso no importa porque no entiendo lo que dicen. Algunos parecen muy jóvenes y me alarmé muchísimo al ver a una mujer que llevaba puestos pantalones. ¡Pantalones en público! ¡En una escuela! Ella imparte matemáticas y a lo mejor ésta será una asignatura fácil para mí. Aprenderemos ecuaciones algebraicas y eso ya lo he estudiado. De todos modos, no será lo mismo que en mi país. Nada volverá a ser lo mismo.

En mi país, yo conocía a todas las muchachas de mi clase y mis maestras me conocían a mí. Aquí no soy nadie. Peor aún, en la escuela estoy convencida de que parezco rara y fuera de lugar: como la única mata de mangos en un campo de mameyes. Mami me hizo que me peinara y me recogiera el pelo en una cola de caballo, como si fuera una niñita. Todas las demás tenían el pelo suelto, a la moda. Me dio vergüenza, porque sentía que mis nuevos compañeros de clase me miraban como si acabara de llegar de otra galaxia. Bueno, a lo mejor tienen razón, pues así me siento. Como un extraterrestre que regresó en uno de esos viajes espaciales de los cosmonautas rusos y ahora quiere hacerse pasar por humano. Ileana dice que yo cojo mucha lucha por cosas que no valen la pena.

Todo lo demás también es extraño. Aquí los estudiantes no se paran junto a sus pupitres para responder. Simplemente levantan la mano para pedir la palabra. En las mañanas, se ponen la mano en el corazón y recitan una cosa que se llama el Juramento a la Bandera. Debo aprenderla para la próxima semana, me informó la señorita Reed. También hacen anuncios por los altoparlantes y hay momentos de silencio. Pero nada de rezos oficiales, al igual que cuando Fidel Castro tomó el poder y prohibió la religión y las monjas-pingüinos se fueron.

A mitad del día no vamos a almorzar a casa, sino que comemos en una cafetería amplia y ruidosa. Hoy nos dieron un pote de leche, una bola pegajosa y blanca que decían que era arroz, un raro vegetal verde, una manzana y carne de no se qué. Pero hay bastante comida, a diferencia de las raciones de los últimos años en Cuba. Probé un poquito de todo y tengo que admitir que no sabía tan mal. De todos modos, ¡cómo extraño la cocina de mami! En especial, sus croquetas de jamón, siempre crujientes por fuera, pero rellenitas de jamón, que echaban humo cada vez que las mordía. Sólo de pensar en ellas la boca se me hace agua. ¡Y cuánto deseo estar de regreso en nuestra antigua cocina, con la meseta de azulejos y los moldes de cobre colgados en las paredes! La cafetería es tan ruidosa, y nadie, ni una sola persona, se dignó a hablarme.

Más tarde

Ileana dice que si de verdad estoy haciendo la historia de la vida de la familia en el exilio, *El Exilio*, como a papi le gusta llamarle, debo escribir que en su clase de historia de América hay un chico que es igualito a Paul McCartney, el más lindo de los Beatles. Ésa ya es su clase favorita.

Y Ana María, la pequeña Ana Mari, me acaba de dictar este mensaje: ella adora a su maestra de segundo grado, de lo que aquí llaman la escuela elemental. El nombre de la maestra es Señorita Blanco y su bisabuelo fue un cubano que se mudó a Cayo Hueso como tabaquero en el siglo pasado. Ella le dio a Ana Mari una chambelona roja.

Yo soy la única que no está emocionada con su primer día de clases: sin amigos, sin entender lo que tengo que hacer, sin profesor a quien hablarle.

Miércoles, 6 de septiembre

¿Acaso pueden empeorar las cosas? El profesor de estudios sociales, el señor Peterson, hizo una pregunta en clase y yo, por supuesto, no entendí ni jota. Muchos de los otros estudiantes levantaron las manos, pero yo sólo me limité a bajar la vista hacia mi escritorio. Como es obvio, esto no sirvió de nada, pues él caminó hasta donde yo me siento y me dio unos golpecitos en el hombro. Dijo algo. Yo miré alrededor; estaba tan confundida. Entonces me puse de pie al lado de mi escritorio, pues eso es lo que me han enseñado a hacer, en señal de respeto, pero todos empezaron a reírse. No sé por qué. ¿Sería por lo que murmuré en español? ¿O fue por cuenta de este vestido enorme que mi madre trajo a casa luego de que se lo regalaran en El Refugio? Por lo que fuera, el caso es que la gente reía y reía. Yo quería que me tragara la tierra. Nada más de pensar en eso se me quitan las ganas de volver a la escuela.

Aunque estoy feliz de que no tengamos que preocuparnos por un mal gobierno y sus soldados, quisiera poder regresar a casa, a Cuba, regresar a como eran las cosas antes. Quiero dormir en mi cama, tapada con mi colcha rosada. Quiero escuchar la musiquita que sale de mi joyero, que es una caja de música. Quiero ver a mis viejos amigos. Quiero comerme una papa rellena enorme, en nuestra cocina de siempre. Pero, más que todo, quiero oír a Pepito diciéndome que no sea tan pesada. Sí, eso más que todo.

Le dije esto a mami. Se lo dije a papi también. Mami me dijo que tuviera paciencia, ella usa esa palabra muchísimo, y los ojos se le aguaron. Papi respondió: "Pronto, pronto". ¿Cuán pronto? No lo suficiente, si quieres saber mi opinión.

Viernes, 7 de septiembre

Esta noche es la vigilia de la Virgen de la Caridad del Cobre, Nuestra Señora de la Caridad y la Santa Patrona de Cuba. Mami y tía Carmen le hicieron un altar: pusieron dos guías telefónicas en una esquina y las cubrieron con un mantel de flores. La imagen que tiene tía Carmen es pequeña en comparación con la que teníamos en Cuba, pero tía Carmen dice que el tamaño no importa, que lo que importa es la fe. También compraron, en la bodeguita de la esquina, unos claveles rojos y blancos y cuatro velas y pusieron todo esto alrededor del altar. Cuando estábamos acomodando las cosas para las oraciones de la noche, mami y tía Carmen nos advirtieron que no le dijéramos a papi cuánto costaron las flores y las velas. Mi papá siempre se está quejando, dice que tenemos que estar al tanto de lo que hacemos con nuestro dinero, que gastamos mucho, que tenemos que limitarnos en esto y en lo otro, en todo. Tenemos que fingir que estos son regalos del dueño de la bodega, un puertorriqueño de lo más amable que está casado con una *americana*. A veces quiero llevarme las manos a la cabeza y hacerme a la idea de que estoy viviendo otra vida, en un mundo en el que puedo tener lo que quiero. ¿Para qué tanto ahorro y tanto sacrificio?

Si pudiera, le pediría a la Virgencita un par de medias de malla, como las que llevaba la famosa modelo Twiggy en una foto. Pero mami dice que no debemos rezar de forma egoísta, sino como un gesto de compasión, bondad y amor por nuestras familias y por el resto de la humanidad. ¡Pero es difícil no querer lo que todas las otras muchachas ya tienen! Mientras la familia rezaba el rosario esta noche, no me pude contener. Entre los ave-marías, dejé caer mi propia súplica y luego eché un vistazo alrededor para ver si alguien me había leído los pensamientos. Ni una sola mirada acusadora, gracias a Dios.

Después del rosario, mami hizo lo que hace siempre. Nos contó la anécdota de cómo la Virgencita se convirtió en nuestra patrona y protectora. Hace muchísimo tiempo, por allá por el siglo XVII, el pueblo de Barajagua necesitaba sal, así que enviaron a tres de sus pobladores a que fueran a buscar sal, cruzando la Bahía de Nipe. Una tormenta los mantuvo en el mar durante tres días y los hombres rezaban pidiendo socorro. Cuando la tormenta finalmente pasó, vieron una imagen que flotaba en el agua sobre un pedazo de madera. En la madera había una inscripción: "Yo soy la Virgen de la Caridad". La estatua fue llevada a El Cobre, un pueblo que lleva ese nombre precisamente por sus minas de cobre. Así es cómo la Virgencita obtuvo la parte final de su nombre.

Tía Carmen dice que los cubanos aquí en Miami celebran una misa especial para La Virgencita en el *Marine Stadium*, que está en la bahía. Traen la imagen en un barco hasta el estadio y la gente agita banderas cubanas cuando la entran. Es una imagen que sacaron de Cuba en 1961, en un maletín de contrabando. Yo quería que hubiéramos ido a la misa del estadio, pero papi no quiso ni considerar esa idea porque mañana tenemos escuela. (Otra razón más para odiar la escuela. Siempre, siempre voy a odiar la escuela).

Como éste es nuestro primer año en el exilio, "y el último", nos garantiza papi, mami dijo que nuestras oraciones serían diferentes. Rezamos una novena extra por Pepito, a quien todos extrañamos terriblemente. Ahora, cada día que pasa sin él, me siento mal por todas las cosas crueles que le hice a mi hermano mayor.

Mami dice que nuestra Santa Madre intercederá por él ante el trono de Dios. Ella también intercederá por nuestro país, esclavizado por los comunistas. Pero cuando mami nos dice esto, papi se pone furioso. "¡No les digas esas tonterías a las niñas! —grita y la cara se le pone roja—. Nosotros liberaremos a nuestro país levantándonos en armas, combatiendo". Estoy de acuerdo con papi. ¿Cómo le ganas a un abusador? Puedes estar convencido de que no será rezando.

Cuatro hombres muy bien vestidos, con guayaberas blancas de hilo, vinieron esta noche a ver a papi. Son casi las once y todavía están en la sala. Conversan en voz baja, como si estuvieran hablando de cosas secretas. Es fácil ver que a mami no le gusta lo que están discutiendo, pues cada vez que regresa de servirles agua o café, sus labios están rígidos y sus ojos se han achicado tanto que parecen dos ranuritas. Ileana y Efraín dicen que los hombres están tratando de convencer a papi para que se una a un grupo político, que está entrenándose para invadir y liberar a Cuba. Ellos trataron de reclutar a tío Pablo, pero Efraín dice que tío tiene una cosa que se llama "presión alta" y que debe tener cuidado con las cosas que hace.

Me pregunto si papi querrá entrenar para ser parte de este ejército. Él se enfadó mucho cuando Pepito fue reclutado, pero yo sé que él quiere regresar a casa, pues eso es de lo único que habla. Todas sus oraciones comienzan: "Cuando regresemos". Quizás una invasión sea la solución. A mí también me gustaría regresar. Echo de menos a mis amigos. Echo de menos a Pepito y también echo de menos saber dónde están las cosas: la farmacia, el supermercado, la heladería. Aquí no me dejan ir a ninguna parte. "Te puedes perder", dice mami.

Eso está claro. ¡Y me voy a seguir perdiendo si no aprendo dónde están estos lugares!

Aunque ya estoy empezando a entender algunas palabras, en la mayoría de las conversaciones me quedo en Babia. Por las noches no podemos escuchar la radio con el volumen alto ni reírnos mucho, porque los adultos tienen miedo de que los vecinos se quejen de la cantidad de personas que viven en esta casa. Portarse todo el tiempo como una niña modelo puede ser agotador.

Tengo ganas de que los hombres se vayan, para poder abrir el sofá-cama. Me caigo de sueño.

Por cierto, ayer recité perfectamente el Juramento a la Bandera en la clase de la señorita Reed. Por supuesto, yo no tenía idea de lo que estaba diciendo, pero ella me dio un papelito que decía *Homework Pass*. Eso quiere decir que esta noche no tengo que hacer tareas.

Lunes, 11 de septiembre

En mi clase de ciencias hay dos muchachas que son cubanas, pero ambas han estado en Miami desde su primer o segundo año de escuela. Hablan buen inglés. Otro muchacho, en mi clase de inglés, llegó en diciembre de 1965, en el primer Vuelo de la Libertad, desde La Habana. Dijo que su foto apareció en los periódicos. Me pregunto si me lo habrá dicho porque yo soy nueva y él piensa que me voy a "comer esa guayaba". También hay otros alumnos cubanos en la escuela. Los he visto en el pasillo y todos tienen la misma mirada perdida de extranjeros.

Patricia, una de las muchachas cubanas, me asegura que lo de la escuela va a mejorar cuando aprenda el idioma. En su primer día de clases de segundo grado, se orinó en los pantalones porque no sabía cómo pedir permiso para ir al baño. Ahora habla inglés. Tiene amigos. También tiene ropas nuevas; no muchas, pero, al menos, unas cuantas. Ella dice que uno puede diferenciar a los cubanos que acaban de llegar por la ropa. Se visten a la antigua. ¿A la antigua? "Sí, a la antigua", dijo. Se visten muy formal, como si estuvieran en Cuba, sobre todo las muchachas, con sus lazos en el pelo y sus medias de colegialas. Y siempre usan la misma ropa.

Cuando dijo esto, me toqué mi lazo de pelo y bajé la vista hasta mis medias. Ella me estaba describiendo al detalle y la cara se me puso roja. Mami nos hace "vestir bien" para que los profesores "se lleven una buena impresión". No tenemos más que dos o tres mudas de ropa de este tipo: buenas, pero viejas y usadas. Siempre están limpias, a pesar de que mami tiene que lavarlas a mano en el baño.

Para decir la verdad, al principio me mortificó mucho enterarme de cómo me ven los demás. Luego también me molesté con mami. Ella no entiende lo diferente que es la escuela en Estados Unidos, pero ahora que han pasado muchas horas después de mi primera conversación con Patricia, otro sentimiento me domina. Sigo estando brava, pero con Patricia. Con todos los demás también. No puedo explicar muy bien la razón, pero la idea de que mis compañeros de clase me miren como si fueran mejores que yo, me da tanta, pero tanta rabia.

Les voy a dar una lección. Ya lo verás. Voy a ser la mejor alumna de mi clase. Voy a obtener las mejores calificaciones. Mis notas serán sobresalientes. Voy a hablar el inglés tan bien, lo voy a escribir tan elocuentemente, que nadie notará las ropas que llevo. Van a quedarse deslumbrados conmigo. Ya lo verás.

Mami consiguió trabajo. ¡Sí! ¡Como te lo cuento! ¿No te parece una tremenda noticia? Su propio trabajo en una fábrica de zapatos. Estoy tan radiante de alegría, ¡que parezco una linterna! Empieza el lunes e irá en un carro con otras dos mujeres: Lourdes, que está casada con el primo segundo de tía Carmen, y alguien más a quien no conozco. Está tan entusiasmada. Deberías verle la cara, toda sonrisas, y ha estado tarareando desde la tarde. Ella nunca ha tenido un trabajo, un trabajo de verdad, fuera de la casa.

"Ahora podemos buscar nuestro propio apartamento —nos dijo a Ileana y a mí—. Y voy a aprender a manejar".

Oh, eso me va a encantar. Yo quiero mucho a tía Carmen y tío Pablo, y Efraín es muy amable, de verdad, porque cuenta cosas cómicas de su trabajo, pero vivimos como sardinas en lata. Nosotros comemos nuestras comidas por turnos y nos tenemos que sentar en el suelo si todos queremos ver la televisión juntos. Y para usar el baño en las mañanas, ¡hace falta ser más rápido que un velocista!

Estoy tan orgullosa de mi madre. Al igual que Ileana, que dice que ella tiene edad suficiente para trabajar, también. Espero que cuando mami reciba mis notas, aquí le dicen tarjeta de reporte, se sienta igual de orgullosa.

Más tarde

Es terrible. Horrible. Más que horrible. Mami y papi tuvieron una gran discusión por cuenta de su nuevo trabajo. Él no quiere que ella vaya a trabajar. Yo creo que está bravo, porque ella no consultó con él antes de salir a buscar trabajo. Bueno, por supuesto: ella sabía que él iba a reaccionar así. Lo que más le molestó de todo fue enterarse de que es un hombre el que lleva a las dos mujeres hasta la fábrica en ese pueblito llamado Hialeah.

—¿Qué va a pensar la gente? —siseó papi. Sí, como lo oyes, *siseó*. Así fue exactamente como sonó su pregunta. Pero mami se le enfrentó. ("Bien hecho", dice Ileana. Estoy de acuerdo). Ella dijo que estaba haciendo algo honesto y por el bien de la familia, y se mantuvo muy firme. Pero papi le dijo rotundamente que no, que bajo ninguna circunstancia, iría ella a trabajar el lunes. Su responsabilidad era cuidar de nosotras.

—¿Quién va a estar en casa cuando las niñas regresen de la escuela? —preguntó papi.

—Tu mamá —respondió mami.

Eso hizo que papi se enfureciera con abuela María, porque dijo que todos habían conspirado a sus espaldas, sin tener en cuenta su autoridad o nuestra opinión. Tío Pablo dijo que tía Carmen trabaja y que no había que sentir vergüenza por ello, pero papi lo apartó de un empujón, a su propio hermano, y salió como un bólido de la habitación, pegando un portazo en la puerta de la entrada. No sabemos por dónde anda ahora y está muy oscuro afuera.

Ana Mari chilló tan fuertemente que tía Carmen la cargó y la sentó en sus piernas. Tía Carmen nos dijo que tenemos que darle tiempo a nuestro padre para que se acostumbre a todos los cambios. "Los cambios siempre son peores para los hombres que para las mujeres —dijo—. Ellos piensan que son muy machos, pero la verdad es que son bastante frágiles. Además, ellos caen desde una altura más alta". No estoy muy segura de qué quiso decir con esto último.

Yo también sentía ganas de llorar, pero no me atreví. Eso sólo empeoraría las cosas. Estoy contenta de que mi madre haya tomado su propia decisión. Es muy importante, creo yo, no quedarse sentada, esperando a que las cosas le sucedan a una. Pero me siento mal por el pobrecito de mi papá. Debe de ser penoso darse cuenta de que todo lo que siempre has creído no es necesariamente verdad, que todo por lo que has trabajado te lo puede arrebatar un estúpido gobierno comunista. Él siempre estaba tan orgulloso porque vivíamos en una casa agradable y teníamos buenas ropas y todos sus hijos iban a escuelas privadas. Debe de ser difícil renunciar a eso.

Domingo, 17 de septiembre

No estoy segura de qué pasó entre mami y papi, pero parece que a mi padre lo convencieron y le permitió a mami ir a trabajar. Hace un rato, ella estaba preparando sus ropas y su almuerzo, como se prepara un niño para el primer día de escuela.

Lunes, 18 de septiembre

Tía Carmen y mami se matricularon en las clases nocturnas de *Miami Senior High*, que es la escuela a la que asiste Ileana. Van a aprender inglés ¡y tendrán tareas al igual que nosotras! Mami nos dijo que no le dijéramos a papi. Supongo que es porque ella piensa que eso lo va a enojar. Ya sabemos lo que pasó cuando le dijo lo de la fábrica de zapatos. Pero creo que está dispuesta a volver a lidiar con su mal genio. Hoy llegó a la casa tan entusiasmada e inspirada con eso de tener su propio trabajo que inmediatamente se apuntó en la lista para las clases.

Espero que no vuelvan a pelear.

Martes, 19 de septiembre

Esta noche, abuelo Tony me dijo una cosa muy interesante. Cuando me oyó quejarme por la escuela, me llevó al cuarto de mi tío y me enseñó una pila de libros que estaban al lado de su cama. Me dijo que tío Pablo los está estudiando todos porque quiere llegar a ser médico en este país. Aunque él era médico en Cuba, tiene que solicitar una licencia aquí, lo que quiere decir que tiene que ir a una escuela especial y tomar un examen. Abuelo Tony dijo que si él estuviera más fuerte y más saludable, iría a la escuela con tío Pablo. "Tu tío nunca se rinde y por eso yo estoy muy orgulloso de él", dijo abuelo Tony. Y se encogió de hombros cuando le dije que papi piensa que estaremos en Cuba para Nochebuena, y si no, en la víspera de Navidad; seguramente, a más tardar, para el Día de Reyes.

—Estudiar nunca hace daño —dijo—. Nadie te puede quitar lo que tienes entre oreja y oreja.

Por supuesto que me dijo esto para que yo valorara el

privilegio de ir a la escuela. Así lo llamó: un privilegio. Yo sí quiero sacar buenas notas, así que abuelo Tony no tiene de qué preocuparse. De esa manera, les enseñaré a todos mis compañeros de clase, esos que me miran raro cuando no puedo hablar inglés, lo inteligente que soy.

Martes, 26 de septiembre

Hoy, en la cena, de repente, Ileana, se echó a llorar. A todos nos tomó por sorpresa, pues ella siempre parece tan feliz. Ahora nos damos cuenta de que por mucho tiempo ha estado ocultando su tristeza. Después de muchos sollozos y suspiros ahogados, por fin nos dijo por qué lloraba. Dice que extraña a Pepito y está preocupada por él, y que la carne con papas le recordó a nuestro hermano pues ése es su plato favorito. Por supuesto, esto hizo que la quijada de mami comenzara a temblar y que abuela María empezara a rezar un avemaría. Luego papi se acercó y abrazó a Ileana. Sus hombros temblaban y la nariz le estaba goteando.

¡Pobre Ileana! ¡Pobre Pepito! Me pregunto qué estará haciendo mi hermano. Ha pasado tanto tiempo desde la última vez que escuché su voz. Deseo que nos escriba, pero a lo mejor el gobierno cubano no se lo permite.

Miércoles, 27 de septiembre

Mami va a dejar sus clases de inglés. Tenía que elegir: o las clases o su trabajo. Siento lástima por ella, pues estaba tan entusiasmada con ambas cosas. Pero papi se enteró de lo de las clases de inglés anoche, cuando regresó temprano de su reunión con ese grupo militar. Se puso que echaba chispas al no encontrar a mami en casa, pero finalmente hizo que abuela María le dijera dónde ella estaba. Tío Pablo lo tranquilizó, así que cuando mi madre y mi tía regresaron, ya no estaba tan furioso. Lo siento por mi mamá, pero mi papá también me da un poco de lástima. Ellos no se comportan como antes. En Cuba, casi nunca peleaban, y cuando lo hacían, las peleas duraban poco y al rato ya estaban todo acaramelados. Ahora, después de sus discusiones, el aire se siente enrarecido y cargado. Hasta Ileana tiene miedo de abrir la boca y decir cualquier cosa, y Ana Mari se sienta en una esquina, se acurruca y se pone a temblar.

Viernes, 29 de septiembre

Creo que tengo una nueva amiga. Su nombre es Jane. La *J* en inglés se pronuncia igual que la *Y* en español. Está en casi todas mis clases y siempre me habla cuando vamos apuradas por los pasillos, tratando de llegar a clase antes de que suene el timbre. Hoy en el almuerzo, justo cuando iba a sentarme en mi esquina de siempre, me hizo señas con la mano para que fuera a su mesa. Es muy inteligente y habla muy rápido, así que tengo que escuchar muy, pero muy atentamente lo que dice. Ahora entiendo mucho más el inglés, pero algunas conversaciones pueden ser difíciles. La señorita Reed me ha dicho que si no entiendo una palabra, sólo tengo que pedirle a la persona que repita lo que dijo un poco más despacio. A veces lo hago, pero me da pena hacerlo con Jane. No quiero que piense que soy tonta.

Domingo, 1 de octubre

Papi ha estado fuera de casa la mayoría de las noches y todo este fin de semana, ahora que ha decidido unirse al grupo militar que tiene en planes invadir Cuba. Esto enfurece a mami, que murmura sobre su falta de responsabilidad. Abuela María trata de tranquilizarla diciéndole que es sólo una fase, pero lo único que consigue con eso es enfurecerla más. Hay tanta tensión en esta casa, que siento que tengo que andar en puntillas alrededor de todos.

Mis padres ya no logran tener una conversación normal. Cada vez que mami menciona que unos amigos han comprado una pequeña casa junto al río Miami, o cuando habla de su prima segunda que acaba de comprometerse con un hombre de Texas que vive en Fort Worth, papi niega con la cabeza para mostrar su desaprobación. Él sigue diciendo que vivimos un "tiempo prestado" en "tierra prestada".

Miércoles, 4 de octubre

Tenemos cuatro nuevos estudiantes cubanos en nuestro grado. Sólo uno está en mi aula, un muchacho llamado Pedro. Lleva espejuelos gruesos y es muy tranquilo. Traté de hablarle, pero parece muy tímido. Jane dice que a lo mejor sólo se sorprendió de que alguien le hablara en español.

Viernes, 6 de octubre

Dos desconocidos en trajes grises se aparecieron esta tarde a nuestra puerta. Con excepción de abuela, no había adultos en casa. Como ella no habla ni una gota de inglés, Ileana y yo tuvimos que servir de traductoras, con mucho esfuerzo, lo que quiere decir que señalamos mucho con el dedo y asentimos con la cabeza. Querían hablar con papi y dejaron sus tarjetas de presentación. Los dos son de una agencia del gobierno llamada *Federal Bureau of Investigation*. No estoy muy segura de qué es, a lo mejor una especie de agencia de policía, pero lo que sí sé es que el asunto incomodó a mis padres. En verdad, mortificó más a mami que a papi. Mami le dijo: "Esto es una advertencia, José Calixto. Ojalá te des cuenta". Estaba muy nerviosa. Me pregunto qué significará todo esto.

Martes, 10 de octubre

Hoy, abuelo Tony trajo a casa una botella de sidra. Después de la cena, sacó el corcho y ordenó a abuela que nos sirviera a cada uno de nosotros, incluso a los niños, para que pudiéramos brindar. Entonces, levantó su vaso y dijo con su voz de trueno: "¡Por una Cuba libre!". Bebimos. Estábamos celebrando por dos motivos. El primero: porque hoy se conmemora el Grito de Yara, una fiesta nacional en mi país, que celebra el día en que los cubanos declararon su independencia de España. Sin embargo, más importante que eso fue la noticia de ayer de que al Che Guevara, uno de los líderes comunistas de Cuba, lo mataron en Bolivia, donde intentaba iniciar una revolución. Abuela María dijo que se lo merecía por ir a un país pacífico a tratar de crear problemas.

—A lo mejor ahora podremos regresar a casa —añadió papi.

No sé cómo su muerte se traducirá en libertad para mi país. Bolivia está muy lejos, en el medio de América del Sur. Parece que a veces mi familia tiene tantas ganas de regresar a casa que creen que cualquier pequeño suceso, como esta muerte en un país distante, va a cambiar las cosas. Cuando le confesé esto a Efraín, dijo que me estaba volviendo una cínica. No tenía ni idea de lo que significaba esa palabra, así que él me dio un diccionario. Un cínico es una persona que piensa que todo el mundo está motivado por intereses egoístas.

¿Seré yo ese tipo de persona? No lo creo. Pienso que las personas son buenas, que tratan de hacer lo que les parece que es mejor. Claro, a veces parece como si nadie se pusiera de acuerdo sobre qué es lo mejor.

No he tenido mucho tiempo para escribir en estos últimos días, pues he estado estudiando horas extras cada noche. Cuando Efraín regresa de su trabajo, nos ayuda a

Ileana y a mí con nuestras tareas de la escuela. Él es muy paciente.

Jueves, 12 de octubre

La Serie Mundial por fin se acabó y ahora nuestras noches volverán a la normalidad, sin que los hombres tomen control de la sala para mirar los juegos y vitorear a sus equipos. Papi y tío Pablo son fanáticos del béisbol. Igual que mi abuelo. El béisbol es el deporte más popular en nuestra tierra. A mí también me gusta; las dos cosas: mirarlo y jugarlo. Creo que de algún modo eso me hace un poquito más *americana* de lo que pensé que era.

Fue cómico ver a los hombres, incluso a Efraín, discutir las estrategias de los Cardenales de San Luis y los Medias Rojas de Boston. ¡Se lo toman tan en serio! Pero la estaban pasando bien, y eso me hizo muy feliz, porque casi nunca veo a mi papi pasar un buen rato.

Viernes, 13 de octubre

Efraín me volvió a enseñar sus libros de *Doc Savage* y ahora puedo leer y entender casi todo. "¡Así se hace, prima!", dijo Efraín y me dio unas palmaditas en la espalda.

Domingo, 15 de octubre

A través de las paredes puedo escuchar la discusión de mis padres. Otra vez. No puedo dormir. Algunas veces puedo entender lo que dicen, otras no. Mami está muy molesta porque papi se fue el viernes después del trabajo y no volvimos a saber de él hasta que llegó hace una hora. Regresó vestido de camuflaje y tan enfangado como un caimán. También apestaba a agua de pantano. Se supone que sea un secreto que él está entrenando con los grupos armados, pero tendrías que ser ciego y sordo para no darte cuenta de lo que está pasando.

Papi piensa que su deber como cubano es pelear por la libertad de su país. Mami grita que tres don-nadies jugando a los soldados en un pantano no harán nada contra el poderío de la malvada Unión Soviética. Además, piensa que es peligroso. Alguien puede terminar herido o arrestado. Insiste en que hay una ley norteamericana que prohíbe que los hombres organicen un ejército por cuenta propia para atacar otro país.

—Además —gritó mami—, supón que llegas con tu grupo armado a Cuba. ¿Qué vas a hacer cuando te enfrentes al regimiento de Pepito?

No pude escuchar lo que respondió papi. Ojalá los *americanos* se metieran en el asunto. Ojalá enviaran a sus soldados y sus helicópteros y tanques y botes a mi isla, en vez de a lugares lejanos, al otro lado del mundo, en Asia. Tiene mucho más sentido pelear una guerra cerca. Además, pienso que sería más fácil ganar en nuestra pequeña isla. Pero nunca nadie pide mi opinión.

Me tengo que acostar. La luz de la lámpara despertó a Ileana, que me ha pegado un grito. Espero que amanezca con un millón de espinillas. Se lo tiene merecido.

Viernes, 20 de octubre

Abuelo Tony no se ha estado sintiendo bien. Dos veces esta semana abuela María lo ha llevado al médico. Si los adultos saben qué es lo que lo tiene enfermo, por lo menos a mí no me lo han dicho. Les pregunté a Ileana y a Efraín, y ellos tampoco saben.

Sábado, 21 de octubre

Los dos hombres de los trajes grises regresaron. Se llevaron a papi y no regresó en todo el día. Mami estaba histérica. Igual que abuela María. Las dos nos gritaban por cualquier bobería. Ni siquiera nos dejaron mirar televisión o ir a jugar afuera.

Le preguntamos a tío Pablo qué estaba pasando, pero él andaba ocupado llamando por teléfono a todos sus conocidos, buscando una forma de ayudar a papi. Cuando Efraín regresó del trabajo, nos explicó que los hombres de los trajes son una especie de policías y que era probable que estuvieran interrogando a papi con respecto a su participación en el grupo armado al que se unió el mes pasado. Por supuesto, esta información generó más preguntas. ¿Lo iban a meter en la cárcel? ¿Lo acusarían de algún delito? ¿Por qué la policía nacional se había llevado a mi padre? Finalmente, papi se apareció después de la cena. Aunque estaba pálido, le aseguró a la familia que no había sido arrestado ni acusado de nada, y que varios hombres, también de su grupo, habían estado con él en una oficina del centro de la ciudad. Parecía que estaba tratando de convencernos por todos los medios y eso me puso nerviosa. Mami se negó a hablarle. Tenía la cara roja y mantuvo fruncida la boca toda la noche.

Martes, 24 de octubre

Jane me pidió que fuera con ella al cine este sábado, pero mami dijo que no, que de ninguna manera. Dijo que Jane es una desconocida y nosotros no sabemos nada de su familia o su procedencia. "Nosotros no somos ese tipo de personas que dejan que sus hijas anden con cualquiera", dijo. ¿Y eso qué quiere decir? Jane no es una desconocida. Ella es mi amiga y me ayuda en la escuela. Saca muy buenas notas. Me enteré de que su madre es maestra en la escuela de Ana Mari. Ella nunca habla de su padre y yo jamás le he preguntado.

Pienso que mami sólo estaba de mal humor pues se enteró de que Ileana se ha estado viendo con un muchacho después de clases. Es un año mayor que ella y tiene carro, y la trae en él a la casa. Se supone que ella tome el autobús y no acepte que nadie la traiga, mucho menos si se trata de muchachos, pero Ileana es Ileana. Si le dices que haga algo, tratará de hacer lo contrario. Mi madre quería hacerle prometer que no le iba a hablar más a ese muchacho, pero Ileana se negó. Le dijo a mami que tenía suerte de que el chico fuera su amigo. Él es muy popular en la escuela y juega *football*, ese juego de la pelota puntiaguda. También dijo que ellos no han hecho nada más que hablar. Él es muy respetuoso y paciente con su inglés. Pero mami dice que "hablar" siempre conduce a algo más, y que ella no iba a tener a una hija suya andando por ahí sin una chaperona. Ileana se enfureció mucho al oír esto y gritó que estamos viviendo en Estados Unidos de América, no en Cuba. Así que mami le gritó que era mejor que papi nunca la oyera decir eso. Entonces mami miró alrededor y nos vio a Ana Mari y a mí, que escuchábamos boquiabiertas. Nos mandó a que saliéramos y nos perdimos el resto de la pelea.

Más tarde le pregunté a Ileana qué iba a hacer. Tenía los ojos rojos de tanto llorar. Se encogió de hombros. Cuando le pregunté el nombre del muchacho, me contestó bruscamente que eso no me importaba. Y lloró un poco más.

Siento lástima por Ileana. Pienso que sólo quiere tener amigos. Quiere ser como todos los demás en su escuela. Sé cómo se siente. No creo que mami o papi entiendan lo que es ser nuevo en una escuela, con ropas extrañas y un acento raro. No quieren ser crueles con nosotras. Quizás piensan que están haciendo lo correcto. Pero es difícil vivir como papi quiere que vivamos: suspendidos en medio de dos países. O estamos aquí o estamos allá. Tenemos que ponernos de acuerdo. Debemos decidir.

Jueves, 26 de octubre

Pedro, el cubano de mi clase, se va para Los Ángeles el sábado. Su padre es ingeniero químico, o lo que sea, y encontró trabajo allá. Buscamos en el globo terráqueo del aula y nos sorprendió ver que estaba casi a medio mundo de distancia. Tan pronto como vio esto, el pobre Pedro se puso blanco.

—No sabía que Estados Unidos fuera tan grande —gruñó.

—¡Pero mira lo cerca que estás de México! —traté de consolarlo.

No respondió, simplemente bajó la cabeza. Quiere regresar a Cuba.

Viernes, 27 de octubre

Abuelo Tony hoy cumplió setenta y cuatro. Comimos *cake* de chocolate de una panadería y tomamos Cocacola. Sin embargo, él estaba muy cansado y ni siquiera se molestó en apagar las velas. Le pregunté que qué le pasaba y se llevó las dos manos al pecho. "El corazón de un hombre se puede romper de tantas maneras", dijo. Yo le di un abrazo muy fuerte y creo que eso lo hizo sentirse mejor.

Martes, 31 de octubre

Hoy es un día en el que los niños se ponen disfraces y van de casa en casa pidiendo caramelos. Yo me vestí de gitana, con las ropas de abuela María y una docena de brazaletes plásticos que tía Carmen compró en una tiendecita que está al lado de la lavandería donde trabaja. Mami me pintó un lunar a la izquierda de la boca y me puso sombra azul alrededor de los ojos. Ana Mari fue disfrazada de gato, con unos bigotes y un hocico pintados. Su cola era un globo largo y negro. Abuelo Tony tomó fotos con su nueva cámara. Recolectamos tantas golosinas que no vamos a poder comerlas todas sin explotar. El jefe de Efraín nos envió cepillos de dientes. ¡Le dijo a Efraín que los vamos a necesitar!

Según lo habíamos planeado en la escuela, Jane y su mamá pasaron por aquí a la hora de salir a pedir caramelos y mami y papi finalmente conocieron a mi amiga. Nuestras madres no pudieron hablar mucho entre sí, pero mami invitó a la señora Henderson a entrar. Le hizo café cubano, algo que la señora Henderson nunca había probado. No estoy segura de que le haya gustado, pero fue lo suficientemente educada como para tomárselo. "Esto es muy, muy fuerte", dijo y sonrió. Más tarde, mami dijo que mi amiga, ella le dice *la americana*, y su mamá parecen gente decente. La señora Henderson le dijo que ellas van a la iglesia de *Saint Michael*, así que creo que eso hizo que mami se llevara una buena impresión. Papi no opinó ni para bien ni para mal, pero por lo menos fue educado y amable y no hizo ninguna crítica.

Viernes, 3 de noviembre

Hoy me he dado cuenta de algo. Llevo varios días sin pensar en mis amigos de Cuba. Eso me hace sentir mal. ¿Olvidaría tan fácilmente un buen amigo? Tengo curiosidad por saber qué habrá pasado con Ofelia y la Juventud Comunista. ¿Le gustará eso, o es que sus padres la obligan a participar? ¿Tiene que ir a muchos desfiles? ¿Todavía juega con algunos de nuestros amigos?

Papi siempre trata de contarnos una anécdota sobre Cuba en la cena. Algunas veces es un suceso de nuestra historia o la descripción de un lugar histórico, pero otras veces es un cuento sobre el vecindario o alguno de los negocios que solíamos frecuentar. Esta noche nos habló de la casa de José Martí, que está al sur de la Habana Vieja, y describió las fotos, los documentos y los muebles que ahí se exhiben. Hasta pudo recordar los colores de la casa: ¡azul y amarillo! Dice que nunca debemos olvidar de dónde venimos, para que podamos regresar; será como ponernos unas chancletas viejas que encontramos en el fondo de nuestro clóset. Sin embargo, la memoria es como un pedazo de algodón teñido. Con el tiempo pierde los colores.

Todos los días almuerzo con Jane. He empezado a llevar mi propia comida porque no me puedo acostumbrar a lo que sirven en la cafetería. A Jane le encantan las croquetas que hace mami, pero la comida de El Refugio no le hace mucha gracia. Dice que sabe a *spam*. A mí me gusta mucho. Ahora que mi inglés ha mejorado, hablamos todas las tardes por teléfono. Cuando Efraín no está, ella me ayuda con las tareas de inglés y estudios sociales. Yo la ayudo con las matemáticas.

He llegado a la conclusión de que los números son el idioma universal. No importa el país donde estés, siempre se cuentan de la misma manera. Sin embargo, tendrías que ver la forma en que los *americanos* dividen. ¡Lo hacen al revés! También restan de un modo muy raro. Por ejemplo, "para llevar" lo hacen restando del número de arriba. Yo aprendí a "llevar" sumando al número de abajo.

El modo *americano*   El modo que yo aprendí

$$\begin{array}{r} {}^{3}\cancel{4}{}^{1}\cancel{4} \\ -29 \\ \hline 15 \end{array} \qquad \begin{array}{r} {}^{3}\cancel{4}4 \\ -29 \\ \hline 15 \end{array}$$

De las dos formas obtienes la misma respuesta, pero si intento hacer mis cálculos usando el modo *americano*, siento como si me estuviera exprimiendo el cerebro. La señora Boatwright me dijo que no me preocupara. Dijo que varios de sus alumnos hacen las aritméticas del mismo modo que yo.

Martes, 7 de noviembre

Jane me dio varios libros de una serie de una chica detective llamada Nancy Drew. Ella los leyó hace tres años, cuando estaba en quinto grado. Estos son mucho más fáciles de leer que los de *Doc Savage*. De todos modos, los leo despacio para entender bien lo que leo. A veces pienso que Ana Mari se me va a adelantar. Sería *tan* vergonzoso.

Viernes, 10 de noviembre

Para la tarea tengo que escribir una composición de trescientas palabras sobre la exploración del espacio, pues ayer una nave espacial aterrizó en la Luna. ¿Cómo voy a poder escribir sobre eso? ¡Ya quisiera yo estar viviendo en la Luna!

Miércoles, 15 de noviembre

Buenas noticias y no tan buenas noticias: ¡saqué la nota más alta en el examen de matemáticas! Sólo otra persona en mi clase, un muchacho que se llama Derek, obtuvo la misma nota. Me siento muy orgullosa de mí misma.

Pero en la composición ni tan siquiera me dieron una nota. La señorita Reed escribió: "Un buen esfuerzo". Jane me dice que no me preocupe por eso, que soy muy dura conmigo misma. A pesar de eso, el inglés me parece un idioma muy confuso, especialmente a la hora de escribirlo. En español, casi nunca usamos el pronombre de primera persona para iniciar una oración, pero en inglés no es así. Tengo que seguir recordándome que debo poner el *yo* cuando escribo acerca de lo que hago o lo que pienso. Cuando la leo para mí en silencio, la composición me hace parecer vanidosa con tantos *yo* desparramados por todas partes.

Jueves, 16 de noviembre

Ileana está buscándose problemas. Le dijo a mami que iba a entrar en un club de costura en su escuela, pero en su lugar, entró en otro club. Se llama Estudiantes por la Paz. No estoy segura de lo que hacen los miembros, pero te puedo decir que no tiene *nada* que ver con la costura. Sólo me vine a enterar de este club por unos papeles que se cayeron de la libreta de Ileana cuando estábamos quitando nuestras cosas para armar el sofá-cama esta noche. Era un volante con letras rosadas que parecían burbujas, y decía: "NO A LA GUERRA EN VIETNAM". Lo agarró tan pronto como lo vi. Al principio no quiso decirme qué era. Entonces le dije que sabía que tenía que ver con ese muchacho del carro, su amigo que juega *football*, y se puso tan brava que el labio inferior le saltó, como siempre sucede cuando hace pucheros. También me pellizcó y me dijo que yo era una chismosa empedernida, siempre vigilando a los demás para luego ir a garabatear a mi diario. "Bueno, eso es mejor que andar escapándose por ahí", le respondí al momento. Me llamó "entrometida sabelotodo" y dijo que si se lo decía a mami o a papi, iba a dormir en el suelo duro y frío por el resto de mi vida. Después apagó la luz y me tuve que ir a escribir al baño.

Viernes, 17 de noviembre

Ileana me pidió disculpas. No estoy segura de si debo perdonarla. Le dije que lo iba a pensar.

Hoy nos dieron las notas. Saqué A, la nota más alta, en matemáticas. También en ciencias. No salí tan bien en mis otras asignaturas, pero no voy a pensar en eso pues se me van a quitar las ganas de seguir esforzándome.

Sábado, 18 de noviembre

Echo de menos a Pepito, algunas veces más que otras. Si estoy muy atareada con las cosas de la escuela, no pienso tanto en él ni en cómo eran nuestras vidas. Me concentro en mis tareas. Pero en esos días en que estoy en casa, sin nada que hacer, excepto limpiar o poner la mesa o doblar la ropa, cosas que no requieren ningún esfuerzo mental, mi mente regresa a nuestra vieja casa y a mi otra escuela, a mis amigos, pero especialmente a Pepito. ¿Se sentirá solo porque no estamos allá? ¿Estará bravo con nosotros? ¿Pensará mucho en nosotros?

Sábado, 19 de noviembre

Cuando papi regresó esta noche de su campamento de entrenamiento militar, trajo una bolsa color café llena de regalos, uno para cada una de nosotras. A mí me tocó una muñeca que se parece a una que dejé en Cuba. Pero ésta es mucho más pequeña y bonita, con bordados en el cuello de la blusa. Me gusta, pero la verdad es que estoy muy mayorcita para andar jugando con muñecas. En mi antiguo cuarto, las muñecas eran más adornos que juguetes. Hubiera preferido que me diera unas medias de malla. O perfume. Por supuesto, no le diré eso a papi. Heriría sus sentimientos.

A Ileana le tocó un pequeño frasco de perfume que huele igual a los jazmines que teníamos en nuestro patio en Cuba. A Ana Mari le dio un juego de tazas blancas y rosadas. Ella quiso sacarlo de la caja y montarlo ahí mismo, pero mami dijo que era muy tarde y que teníamos que ir a dormir pronto. Papi también trajo un regalo para mami, pero ella se negó a abrirlo. No dijo una palabra.

En los fines de semana que papi se va, mami sólo baldea la casa y de vez en cuando habla de la forma en que criará a sus hijas, enseñándoles a no depender de los hombres. Dice que en este país tendremos las oportunidades que ella nunca tuvo y que se alegra por nosotras. Abuela María suelta una risita al oír esto. "El hombre propone y Dios dispone", dice entre dientes. Creo que eso significa que podemos planear y planear, pero que lo que sucede en realidad depende de Dios. Si eso es verdad, entonces me dan ganas de no hacer nada. ¿Para qué esforzarme tanto en la escuela? ¿Para qué trabajar todas las horas que papi y tío Pablo trabajan? ¿Para qué molestarse en entrenar en los pantanos? No tiene sentido. Ésa es mi opinión.

Lunes, 20 de noviembre

No vas a creer lo que vi hoy cuando mami me mandó a la farmacia a comprar polvo para el dolor de cabeza. En primer lugar, mami nunca me envía sola a ninguna parte. No me quita la vista de encima. Incluso cuando Ana Mari y yo jugamos afuera, tenemos que quedarnos en el patio. Así que me sorprendió que me diera un dólar y me dijera que fuera hasta la esquina, doblara a mano izquierda y caminara una cuadra hasta la farmacia. Yo sé exactamente dónde está la farmacia, pero para complacerla, le presté atención mientras me indicaba cómo ir. Cuando regresaba a casa, luego de comprar los polvos, vi un carro azul con gomas grandes parqueado en la esquina. Adentro había dos personas, y yo estaba segura de que una de ellas era Ileana. Así que dejé de caminar en esa dirección y me quedé en la acera para mirar. Era difícil ver, pero me acerqué un poco más, ocultándome tras los arbustos, igual que los espías. (¡Parece que Ileana tiene razón en eso de que soy una entrometida!). Desde donde estaba, podía oír las risas de Ileana. Ella tiene una de esas risas contagiosas que suenan como un coro de campanas. También pude escuchar voces y ver siluetas que se movían, pero nada más. Yo estaba en un mal ángulo y el sol me deslumbraba.

Como se estaban tomando tanto tiempo, empecé a preocuparme de que mami se preguntara por qué me demoraba tanto. Al fin, cuando empezaba a retroceder para cortar camino por un callejón (mami me ha dicho que nunca haga eso porque una no sabe quién merodea por ahí), Ileana salió del carro. Se inclinó a través de la ventanilla del pasajero y dijo algo, entonces mientras se arreglaba, se llevó la cabeza atrás en un gesto y su pelo formó un mar de olas negras. Parecía una estrella de cine. Ahí fue cuando me vio. Se volvió completamente hasta ponerse frente a mí y la quijada se le quería caer. Tampoco estoy exagerando. Se le cayó hasta el suelo. Caminé hacia ella para saludarla y todavía no le salían las palabras de la boca. Le dije que pensaba que ella debía tomar el autobús público luego de su reunión del "club de costura". No me respondió, excepto para preguntarme si la iba a delatar. Le dije que no, que no lo haría, pero mientras caminábamos a casa, le pedí que me contara de su novio.

Se llama Tommy. Se gradúa este año del preuniversitario y piensa ir a un pueblo en medio del estado a estudiar en la universidad. Nunca he oído mentar ese pueblo, pero se escribe así: Gainesville. Él trae a Ileana a casa todas las semanas después de su supuesta reunión con el club. (Si nuestros padres se enteran, ella se va a meter en un lío bien gordo). Dice que él es muy apuesto y que tiene los ojos azules como Paul Newman, la estrella de cine. Tommy le saca una cabeza de tamaño a ella, lo que quiere decir que es más alto que Pepito. No sé de qué pueden hablar esos dos, pues el inglés de ella es peor que el mío, pero Ileana insiste en que se entienden de lo mejor. Cuando hablaba, parecía cantar. Su voz sonaba tan feliz. Le dije que debería invitar a Tommy a visitarla en la casa, que es lo correcto, con una chaperona, pero negó insistentemente con la cabeza. Dice que soy muy joven para entender.

¿Qué es lo que hay que entender? Si sigue escapándose por ahí, alguien la va a atrapar. No hay que tener dieciséis años para saber eso.

Miércoles, 22 de noviembre

Patricia no es buena persona. Parece que nunca tiene nada bueno que decir de los demás. Hoy no almorcé con Jane pues estaba ausente. Ella y su mami se fueron temprano para manejar hasta Tampa para la celebración de mañana, que es cuando los *americanos* asan un pavo enorme y dan gracias. Después del almuerzo, Patricia me dijo que tuviera cuidado con chicas como Jane. Dice que los *americanos* nos llaman a los cubanos "*spics*", porque nosotros *speak Spanish*, es decir, hablamos español, y también nos cantan a nuestras espaldas una canción que dice: "Rema, rema, rema tu bote". La canción del bote es cantada por tandas y tiene que ver con los cubanos que vienen en balsas. No le creo a Patricia. Eso me parece muy cruel, burlarse de la gente por la forma en que vienen a este país.

Jueves, 23 de noviembre

Hoy es el Día de Acción de Gracias, en el que expresamos nuestra gratitud por todas las cosas buenas que Dios nos ha dado. Tía Carmen sazonó el pavo anoche y empezó a cocinarlo hoy, muy temprano en la mañana. También preparó una cosa que se llama relleno. La esposa del dueño de la lavandería le enseñó a hacerlo el año pasado. Yo nunca había comido pavo y no me gusta mucho. Sabe a pollo reseco. Papi dice que en Cuba, al pavo se le llama *guanajo* y, por supuesto, todos nos reímos hasta que se nos salieron las lágrimas, porque le decimos guanajo a una persona, cuando es tonta o medio boba. Tampoco me gustó el relleno, pero sí me encantó una cosa que se llama puré de batata. Es similar a nuestro boniato. ¡Qué rico!

También había arroz y frijoles negros, que es mi comida favorita, y abuela María hizo un flan. Efraín dice que teníamos que haber comido pastel de calabaza, porque ése es el postre típico de esta fiesta. Mañana él comprará uno y lo traerá a casa. ¡Tantos sabores distintos! ¡Tantas cosas nuevas! A veces deseo que no todo fuera tan nuevo. A veces es bueno tener cosas viejas también: fiestas y amigos y lugares que conoces tan bien que ya están dentro de tu corazón. Me gusta cuando las cosas son acogedoras y familiares.

Después de la cena, Ana Mari nos contó la anécdota del primer Día de Acción de Gracias. La aprendió en la escuela. Luego nos enseñó unos dibujos de los peregrinos, que hizo para su clase de arte. Todo de lo más interesante.

Sábado, *25 de noviembre*

Una discusión grande. Una discusión enorme. Ileana quería ir a una fiesta y mami le había dicho que sí. Eso fue hace dos días. Entonces papi se enteró y dijo que no, que de ninguna manera, pues él no conoce a la amiga de Ileana que da la fiesta ni a sus padres. Entonces mami convenció a papi de que Ileana se merece ir porque ella tiene dieciséis y va a cumplir diecisiete en menos de un mes. Mami tenía planeado ir de chaperona, pero cuando Ileana se enteró de esto, fue como si todos los pollos se hubieran escapado del corral. Hasta abuelo Tony se metió en la discusión, aunque no estoy segura de parte de quién estaba. Así de fea se puso la cosa.

A Ana Mari y a mí nos mandaron a jugar al patio, pero escuchamos todo lo que pudimos a través de las ventanas abiertas. Al final, Ileana no fue a la fiesta. Tía Carmen dijo que mi hermana era una cabezona, lo que es verdad. Tía Carmen dice que debemos adaptarnos lentamente a las nuevas costumbres y que debemos dejar que papi haga lo mismo, poco a poco. Sugirió que Ileana fuera con una chaperona a las primeras fiestas. Papi se iría adaptando y, a lo mejor, más adelante, la dejaría salir con Efraín. Pero Ileana no quería saber nada de eso. Dijo que iba a ser el hazmerreír de la escuela porque nadie sale con chaperonas. Eso no es verdad porque la hermana mayor de Patricia sí lo hace, pero no me atreví a abrir la boca. Ileana lloraba y lloraba. Sus ojos estaban hinchados como los de un sapo.

Martes, 28 de noviembre

Nos vamos a mudar a nuestra propia casa. ¡Sí, así mismo! Vamos a alquilar una casa de dos cuartos que está a la vuelta de la esquina de ésta. No la he visto, pero mami dice que está en buenas condiciones, aunque es pequeña. ¿Y qué importa? Por lo menos no seguiremos viviendo como sardinas, turnándonos para comer y moviéndonos de un lado a otro cuando el baño está ocupado y necesitamos usarlo.

Estoy muy feliz de que nos vayamos a mudar, pero creo que echaré de menos a mi tío y mi tía y a mi abuelo y mi abuela. Especialmente echaré de menos sentarme a mirar televisión con Efraín. Él nos ha enseñado programas como *Gomer Pyle* y *Bonanza* y *The Andy Griffith Show*. A mí me gusta en particular *The Flying Nuns* porque a veces los personajes dicen palabras en español. En la escuela, el resto de los estudiantes habla de estos programas y como yo sé lo que pasa y quiénes son los personajes, puedo participar en las conversaciones. Esto me hace sentir menos extraña.

Domingo, 3 de diciembre

Ya nos mudamos. Nuestra nueva casa es de un color de coral pálido y tiene unas lindas matas de rosas, que dice abuelo Tony que darán muy bellos retoños si alguien se ocupa de ellas. Yo comparto una habitación con mis hermanas y duermo en la parte de arriba de la litera; Ana Mari duerme en la de abajo. A Ileana le ha tocado su propia cama y ya se apropió de las dos mesas de noche. Por lo menos, todas tenemos sábanas nuevas. Tía Carmen nos las compró por nuestras buenas notas. Quisiera tener mi joyero de Cuba.

Mami se pasó el fin de semana restregando y fregando de arriba a abajo. Nosotras la ayudamos en nuestro cuarto y en el baño. Esta noche se quejó de que le duele la columna, pero yo pienso que está feliz de estar aquí. Se pasó todo el día tarareando al compás de la radio de Efraín. Todavía no tenemos televisor, pero mami dice que quizás los Reyes Magos lo traerán el Día de Reyes, el seis de enero. Tendrá que convencer a papi primero, porque él dice que debemos mantener nuestras posesiones en lo mínimo. "Será más fácil regresar a Cuba si no tenemos tantas cosas de que preocuparnos", nos recuerda papi constantemente.

Lunes, 4 de diciembre

Mami tiene una nueva jefa en la fábrica de zapatos: una señora cubana que vino en 1960 con su esposo y sus dos hijos. Mami dice que la nueva encargada no sabía nada de inglés ni había trabajado nunca antes de llegar a este país, pero ha conseguido que la promuevan cada varios años y ahora está al frente de toda la fábrica.

—Niñas —nos dijo mami antes de que nos fuéramos a dormir—: hay una bella lección en esa historia y yo espero que ustedes la aprendan.

Jueves, 7 de diciembre

¡Por fin! Recibimos noticias de Pepito. Mi mamá se rió como una histérica cuando encontró la carta en casa de tía Carmen, al regresar del trabajo. Entonces, antes de abrirla, empezó a llorar. Abuela María y abuelo Tony trataron de consolarla, pero no había manera. De hecho, no era llanto, sino un lamento que me perforaba los oídos. Ana Mari, que no necesita que le den cuerda para romper a llorar, lloró con mami. ¡Y todavía nadie había leído la carta! Llamaron a tío Pablo, pero no pudo ayudar. Fue como si hubieran abierto la compuerta de una represa y era imposible detener toda esa angustia que manaba de los ojos de mi madre.

Por fin, tío Pablo pudo quitarle la carta a mami y la abrió y empezó a leer en voz alta. "Mi querida familia", comenzaba. Créeme, Pepito nunca escribiría algo tan cursi. Nos aseguraba a todos que estaba bien de salud. Preguntaba por sus "preciosas hermanitas que quiero tanto". ¿Pepito escribió eso?

No mencionó nada de su servicio militar, ni tan siquiera en dónde lo está pasando. Tampoco mencionó nada de cómo ha aumentado el racionamiento de comida, pero nos cuenta del bebé que tuvo una de nuestras primas y de la artritis reumática de abuelo Pancho, que le están tratando de manera gratuita, tío Pablo resopló al oír esto, en una clínica del estado.

Cuando papi regresó del trabajo, la carta fue releída en voz alta. Dos veces, de hecho, y en cada ocasión todos tratamos de separar y analizar cada frase, en busca de mensajes escondidos que se les podían haber escapado a los censores del gobierno. No había quien consolara a mi madre durante cada lectura. Ayer mi hermano cumplió diecinueve. Solo. Lejos de nosotros. Como recluta.

También había otra noticia importante, que tío Pablo nos leyó del periódico. El primer transplante de corazón realizado con éxito en el mundo, tuvo lugar en Sudáfrica y lo llevó a cabo un médico que se llama Christiaan Barnard. Abuela María dijo: "¡Qué será lo próximo que se les va a ocurrir!".

Toda la noche pensé en el hombre con el corazón

transplantado. Y sí, tengo que admitirlo, lloré, pero sólo un poquito y en silencio. El hombre del transplante es como yo, o mejor dicho, yo soy como él. Mi corazón, éste que me late en el pecho, parece como si perteneciera a otra persona. Ha sido transplantado aquí, y todos parecen que quieren forzarlo a que sienta algo que no puede sentir. Puede que yo sepa un poco más de inglés y que tenga algún que otro amigo, pero yo no pertenezco aquí, en este país con señales en las calles que no siempre comprendo y con gente que no me comprende a mí.

Viernes, 8 de diciembre

Jane se metió en líos en la escuela por algo que otra muchacha dijo de mí. Fue tan injusto. Ahora Jane tiene que hacer una página extra de tareas de matemáticas. Estábamos trabajando en silencio cuando Claudia —así se llama la chica— dijo que qué bueno que al menos yo sacaba buenas notas, porque es obvio que no sé vestirme. Este comentario me molestó tanto que no supe cómo responder, pero Jane dijo que qué bueno era que Claudia tuviera una lengua rápida porque así evitaba tener que mostrar sus dientes de caballo por mucho tiempo. Entonces Claudia gritó algo que no entendí y Jane la llamó "guajira estúpida". Ahí fue cuando la señora Boatwright entró al aula. Estaba afuera, hablando con otra profesora, y sólo escuchó lo que dijo Jane, pero no oyó ni una palabra de lo de Claudia. Yo quería hablar con la señora Boatwright después de clases, pero Jane no me dejó. Dijo que si lo hacía, los alumnos pensarían que era una chismosa.

Hablando de chismes. Esta noche, Ileana me despertó y me pidió que me escapara con ella para ver a Tommy, pues le daba miedo ir sola. No podía creer lo que estaba escuchando, pero por supuesto, la acompañé. Aunque eran más de las once, nos encontramos con él en la esquina y fuimos en su carro hasta el aeropuerto, para mirar a los aviones despegar y aterrizar. Tommy e Ileana se besaban en el asiento de atrás, mientras yo estaba en el delantero, muy aburrida y nerviosa. Hasta que por fin me volví y les dije que teníamos que regresar a casa. Tommy se molestó.

—A tu hermana le hace falta un novio —le dijo a Ileana.

Yo no me atrevería a tanto.

Sábado, 9 de diciembre

Hoy fuimos al centro de la ciudad en un autobús público. Yo tenía mucho sueño por haber estado afuera hasta tarde, pero las calles estaban decoradas para la Navidad, con campanas plateadas en los postes de luz y cadenetas rojas en las fachadas de las tiendas, así que presté atención. En una esquina había incluso un hombre disfrazado de Santa Claus con un balde rojo. Estaba sudando con ese traje porque hacía tremendo calor.

Tía Carmen nos enseñó una tienda muy lujosa que según ella es similar a El Encanto, allá en Cuba. Esta tienda de lujo en Miami se llama Burdines y es muy grande. Las vendedoras fueron muy amables y nos dejaron echarnos perfume en las muñecas. Además, mami y tía Carmen se probaron algunas ropas y soltaban risitas mientras posaban con sus nuevos trajes frente a los espejos de los vestidores. Por supuesto, no compramos nada. Almorzamos en Walgreen, que tiene un mostrador como los *ten-cents* que teníamos en Cuba. Me comí un plato que se llama queso a la parrilla. ¡Estaba delicioso!

Más tarde, Efraín regresó del trabajo, miramos televisión y vimos a la hija del presidente Johnson casarse en una mansión grande, que es donde vive el Presidente.

Su vestido era precioso, con una cola larga y un velo abultado. Ileana dice que cuando ella se case quiere ponerse un vestido rojo corto, algo que nadie nunca ha pensado ponerse en una boda. Yo quiero ponerme un vestido blanco largo, con muchas perlas cosidas en el corpiño, y una cola tan larga que me harán falta seis damas de compañía, tres a cada lado, para que la lleven por el pasillo central de la iglesia. Papi se echó a reír cuando dije esto, pero cuando miré detenidamente su cara para ver si se estaba burlando de mí, me sorprendió encontrar lágrimas en sus ojos. Entonces dijo muy suavemente: "Supongo que te querrás casar en los Pasionistas". Ésa es la iglesia en nuestro antiguo vecindario en Cuba, pero yo en realidad estaba pensando en *Saint Michael*, nuestra nueva iglesia. No dije nada, pero cuánto desearía que papi dejara de hacer comentarios de ese tipo. Me hacen sentir mal. No sé exactamente por qué. Quizás es porque siento que él no debe preocuparse tanto por lo que dejamos atrás y, en su lugar, pensar en lo que tenemos por delante. A veces, cuando papi menciona algunas cosas en voz alta, tío Pablo le dice que no le va a hacer ningún bien seguir viviendo en el pasado. La maldición del exilio, dice mi tío, es siempre estar mirando por encima del hombro.

Domingo, 10 de diciembre

¡Tengo un secreto! Tía Carmen y Efraín están enseñando a manejar a mami. Me hicieron prometer que no lo diría a nadie, y no lo diré. Nunca. Ni siquiera Ileana lo sabe. Claro, no sé qué va a manejar mami. Nosotros no tenemos carro.

Además, ella necesita practicar mucho. Maneja alrededor del vecindario durante un par de horas, mientras papi entrena con su grupo militar. Ella siempre se asegura de regresar a casa antes que él.

Martes, 12 de diciembre

Hoy llevaron a abuelo Tony al hospital. Tiene algo en el corazón y los doctores tienen que hacer algo para que le funcione mejor. Pregunté si eso quería decir que le iban a poner un corazón nuevo, como a aquel hombre del que leímos en el periódico, pero abuela María dijo que no. Él se quedará con su corazón, con algunos arreglos. Estaba muy pálido antes de irse y parecía como si le faltara el aliento todo el tiempo.

Me pregunto cómo se sentirá mi hermano. ¿Estará haciendo algo peligroso en el ejército, o acaso trabaja en una oficina cómodo y seguro? Sé que él es la mayor preocupación de mami. La otra noche la escuché decirle a tía Carmen que a veces siente que ha abandonado a su hijo en Cuba. Tía Carmen le dijo que no pensara tonterías. Mami tuvo que irse con el resto de la familia porque una oportunidad como los Vuelos de la Libertad no se da dos veces. Muy pronto Pepito estará con nosotros, insistió mi tía. Eso espero. Quiero a mi hermano mucho más, ahora que está lejos. Me parece que es verdad eso que dicen los adultos de que con la distancia uno se vuelve más cariñoso.

Jueves, 14 de diciembre

Estoy muy orgullosa. Hoy, cuando fuimos a visitar a abuelo al hospital, serví de traductora de mami. Entendí todo lo que nos dijeron las enfermeras y los voluntarios del centro de información. Mami también se impresionó. Ya yo había notado que mi inglés estaba mejorando, porque ahora leo de un tirón los libros de Nancy Drew. Estoy lista para leer algo más difícil.

Para visitar la sala de los pacientes hay que tener dieciséis años, pero yo me colé con mami. Abuelo no se veía bien. Parecía como si se hubiera encogido, y estaba lleno de arrugas. Durmió durante toda nuestra visita.

Estoy preocupada por él. A lo mejor necesita un corazón nuevo.

Sábado, 16 de diciembre

Ileana quería que me escapara de nuevo con ella esta noche. Dijo que un grupo de estudiantes de su escuela iba a hacer su propia fiesta de Navidad en un lugar donde hay una construcción y que a lo mejor yo conocía a un muchacho que me gustara. Dice que yo parezco lo suficientemente mayor como para pasar por una chica de noveno o décimo grado. Sin embargo, yo no quise ir. ¿Qué pasa si nos atrapan? Pero ahora lamento no haber ido. Es casi medianoche y ella aún no ha vuelto. Si yo hubiera ido, es probable que a esta hora ya ella hubiera regresado.

Lunes, 18 de diciembre

Hoy Tommy vino a la casa con otra muchacha. Fingió no conocerme. Los tres se pusieron a trabajar en un proyecto de la escuela, sobre las trece colonias norteamericanas. Ileana dibuja bien, así que en una cartulina hizo un boceto de una escena de una granja, copiándola de un libro que Tommy había sacado de la biblioteca. Él fue muy amable. Y, a la luz del día, también pude ver que es muy apuesto. Tiene el pelo largo, pero no tan largo como los cantantes de rock and roll, como John Lennon o Mick Jagger. Pude notar que a mami le cayó bien, a pesar del pelo, porque era muy educado y a todo respondía "sí, señora" y "no, señora". Por supuesto, ninguno de los dos sabía lo que estaba diciendo el otro. Ileana tuvo que traducir tanto para mami como para Tommy durante toda la visita. Como teníamos invitados, se nos permitió beber la Coca-cola y comer los pastelitos de guayaba que mami compró sólo para los amigos de Ileana. Se marcharon antes de que papi regresara del trabajo. Mami se ocupó de que así lo hicieran.

Todas las noches, Ana Mari ensaya unas canciones de Navidad que se está aprendiendo para un festival de invierno en la escuela. Reconozco casi todas las melodías, pero las letras son distintas. Ella canta *Jingle Bells* y *Silent Night*, dos canciones que me sé sólo en español. Al oírla, se me hace un nudo en la garganta, pues pienso en fiestas pasadas y en Pepito, que pasa esta Navidad solo. Es probable que no lo dejen visitar a mis abuelos y, por otra parte, hace años que el gobierno comunista habla de prohibir la Navidad. Sin embargo, estos rumores nunca aguaron el entusiasmo de mis vecinos por esta fiesta. Siempre nos las arreglamos para celebrarla, de una forma u otra, incluso cuando los racionamientos empeoraron. Los primos pasaban por la casa y entonces escuchábamos los discos de villancicos de mami. En una esquina de la sala, mami montaba el antiguo Nacimiento que había heredado de una tía abuela. Y el hermano mayor de mami, tío Camilo, siempre se las arreglaba para traernos de su finca un lechón o, cuando menos, un pernil de puerco para celebrar la Nochebuena.

Aquí no tenemos ninguna decoración, excepto unos dibujos que Ana Mari hizo en la escuela con crayolas y cartulina. El jefe de Efraín le dio un árbol de Navidad y tía Carmen lo ha decorado con guirnaldas y bolas de cristal que compró en una tienda de descuentos llamada Zayre. Yo también desearía que nosotros tuviéramos un árbol: uno plateado y con bolas azules. Lo sugerí una vez, pero papi inmediatamente desechó la idea. Lo considera un gasto innecesario de dinero. Cuánto quisiera que cambiara su forma de pensar.

Miércoles, 20 de diciembre

Abuelo Tony regresó del hospital. Se ve mejor, pero está mucho más delgado.

Viernes, 22 de diciembre

Nos llevamos tremenda sorpresa en la escuela de Ana Mari cuando ella y otras cuatro chicas cantaron dos canciones de Navidad en español. Uno de los villancicos es una melodía preciosa que solíamos cantar en la iglesia cuando yo era muy pequeña. Aunque no recuerdo su título, no puedo evitar tararearla mientras escribo: "*Vamos, pastores, vamos, a la gloria de Edén. Vamos a Belén a ver ese niño*".

Cuando escucharon esto, muchas personas en la cafetería se levantaron, conmovidas, a aplaudir. Algunas de las mujeres lloraron. Supongo que los villancicos les recordaron nuestro país. Un hombre gritó: "¡Viva Cuba libre!". Y papi dijo: "¡Bravo! ¡Bravo!". Me alegró mucho verlo feliz, pero para mí fue un poco extraño, porque esas canciones vienen de otro mundo. Pertenecen a otra vida. No deben ser cantadas en una cafetería, sino en la bóveda arqueada de mi antigua escuela. Y deben ser acompañadas no con galletitas de chocolate y ponche, sino con turrones. (Los que más me gustan son los de almendra). Parece como si todo lo hubieran revuelto, a la vez: un mundo mezclándose con el otro. Es difícil mantenerlos separados. Jane piensa que esto es bueno, pero no entiende cuán confuso puede ser. El hecho de que mis padres coman galletitas de chocolate no quiere decir que dejarán a Ileana ir a una fiesta sin chaperona. Y que todos estén tratando de corear los villancicos en español no quiere decir que todas las Claudias del mundo van a dejar de burlarse de nuestros acentos o de nuestras ropas.

Domingo, 24 de diciembre

Nochebuena. El olor a puerco asado llena la casa. Es el mejor olor del mundo. ¡Mmmmm! Esta noche toda la familia se reunirá aquí para celebrar la víspera de Navidad. También he invitado a Jane y a la señora Henderson. Al principio íbamos a celebrar en casa de tío Pablo, pero a abuela María se le ocurrió mudar el festejo para acá, para el patio, donde todos cabremos alrededor de una larga mesa plegable que el jefe de Efraín le prestó. Como nosotros estamos cocinando el puerco, tía Carmen está preparando los frijoles negros, el arroz y la yuca. Me da hambre sólo de pensar en esto. Pero también me entristece, pues me recuerda mi antigua casa y todos los primos que venían de visita por Nochebuena y traían un flan o un turrón o un poco de sidra o ron. A medianoche todos íbamos a misa, hasta los niños, y yo me quedaba dormida en el regazo de mi madre. ¿Qué estarán haciendo mis primos ahora? ¿Estará Pepito en casa con los padres de mami? ¿Habrán podido conseguir puerco? Mami y papi han estado tratando de llamar a Cuba, pero es casi imposible comunicar. Hay muy pocas líneas de teléfono y una llamada de larga distancia es muy cara. A veces toma varios días hablar con alguien en la isla, y eso es si tienes suerte y tu pariente está en casa cuando la operadora finalmente pone la llamada.

Más tarde

¡Estoy tan llena! Fue una noche maravillosa. Jane y la señora Henderson la pasaron bien. Digo esto pues la señora Henderson se reía con los cuentos de tío Pablo y después nos ayudó a las mujeres a limpiar y a fregar. Nos trajo un dulce que ella misma cocinó: es algo que se llama pastel de manzana y que estaba muy sabroso. Puso helado de vainilla encima del pastel caliente. ¡Ohhhhh! Efraín se comió tres pedazos.

La señora Henderson también les dijo a mis padres que yo estaba invitada a un baile que ella y Jane darán en su casa la víspera del Año Nuevo. Ha invitado a diez chicas y a diez chicos y varios de los padres estarán presentes, entre ellos los míos, si así lo desean. Papi le sonrió muy educadamente, pero le dijo que yo era muy joven para ir a una fiesta, especialmente esa noche, en la que según la tradición cubana, las familias deben mantenerse unidas. La señora Henderson se sonrojó, y yo me sentí avergonzada, pero gracias a Dios, papi por lo menos le dijo que nos honraba con la invitación.

Estoy guardando lo mejor para el final. Jane me dio el regalo más fantástico. (Aquí las familias no intercambian regalos el Día de Reyes, como nosotros hacemos, sino en Navidad). De todos modos, adivina qué me dio. ¡Unas medias de malla! Es el regalo más bello del mundo. Me las pondré para la Misa del Gallo. Tengo que pensar en un buen regalo para ella de parte de los Reyes Magos. Efraín dice que me prestará algo de dinero si le ayudo a cortar la hierba en su casa.

Me voy. Mami me está llamando para ir a la iglesia. Sé que esta noche no me quedaré dormida.

Miércoles, 27 de diciembre

De la alegría a la tristeza en un abrir y cerrar de ojos. Mami ha estado llorando casi todas las noches. Y cuando no está llorando, se sienta sola, con la mirada perdida. Ana Mari se sienta en sus piernas y la abraza, pero ella no le presta mucha atención a los abrazos. Yo también le enseñé todos los libros de Nancy Drew que me estoy leyendo en mis vacaciones escolares, pero ella sólo asiente y mira a otro lado. Ella echa mucho de menos a Pepito y no ha parado de hablar de él toda esta semana. Tía Carmen dice que todos se deprimen mucho durante la primera Navidad en el exilio. Nos cuenta que ella casi no quería levantarse de la cama, y de no haber sido por su trabajo se hubiera enterrado debajo de las colchas.

Ileana tampoco ayuda a que mejoren las cosas. Esta noche tuvo una discusión con papi porque él no le dio permiso para salir con unos amigos a ver una película este viernes. Dijo que una jovencita educada, que viene de una familia decente, debe pasar las fiestas en casa con sus seres queridos, y no vagabundeando por la ciudad. (Creo que él no quiere que se vaya a enamorar de ningún muchacho por si regresamos a Cuba pronto). Pero ella gritó que esta salida era sólo por una noche. Y ya que no la dejaron salir, se ha encerrado en el cuarto. No nos deja entrar. Cada vez que ella pelea con papi o con mami, Ana Mari y yo pagamos las consecuencias. Si yo quisiera, podría meter a Ileana en muchos más problemas. No sólo se escapa a cada rato, sino que también sé que durante las vacaciones de Navidad, en el tiempo entre la salida de mami al trabajo y la llegada de abuela María (que viene a cuidarnos), Ileana ha hablado por teléfono con Tommy. Tiene suerte de que yo no sea una chismosa.

Domingo, 31 de diciembre

Tengo tanto sueño que casi no puedo escribir, pero he decidido quedarme despierta hasta la medianoche para poder comer las doce uvas que, según la tradición, traerán suerte y prosperidad para el nuevo año. Abuelo Tony durmió toda la tarde, sólo para ser él quien tire el cubo lleno de agua desde la puerta de la calle hacia afuera. Esto limpiará el año viejo y se llevará todo lo que no queremos conservar. Papi dice que necesitamos mucho esta limpieza. Muchos cubos de agua. Una brigada completa de gente tirando cubos de agua. A veces mi padre puede ser muy cómico.

Hubiera querido ir a la fiesta de Jane. Ileana incluso sugirió que me escapara, pero yo no soy tan valiente como ella. Ahora mismo me voy a poner a pensar en qué le regalaré a Jane por el Día de Reyes. Tiene que ser algo especial, pero no puede ser muy caro.

1968

Martes, 4 de enero

1968. 1968. Ésta es la primera vez que escribo cada uno de los dígitos del nuevo año. Qué extraño se ve el ocho. ¡Tan extraño como un exiliado!

Tía Carmen nos llevó, a mí y a mis dos hermanas, a que nos cortaran el pelo. No nos llevó a un salón de belleza como solíamos hacer en Cuba, sino a su peluquera, que ahora corta el pelo o les aplica *permanentes*, en la sala de su propia casa, a sus antiguas clientes. Tía Carmen dice que su dentista y su médico de Cuba también atienden a sus pacientes en sus casas. Al igual que tío Pablo, ambos doctores están estudiando para sacar su licencia aquí, pero mientras tanto, ayudan a sus antiguos pacientes y les cobran de acuerdo a lo que éstos puedan pagar. Ileana, que es muy inteligente cuando no está discutiendo con nuestros padres, dijo que a este tipo de arreglo se le llama economía subterránea, que quiere decir que la gente trabaja sin que el gobierno lo sepa. También dijo que más y más gente va a comenzar a hacer esto porque el gobierno está muy ocupado con la guerra como para ocuparse de su pueblo. Esto no suena para nada como Ileana, y estoy segura de que está repitiendo lo que Tommy le dice. Tía Carmen le dijo que dejara de ser tan aguafiestas y que estuviera agradecida por lo que tiene.

Me corté el pelo bajito, al igual que el de mami. Aunque quisiera que mami se dejara el pelo largo, mi nuevo pelado me gusta mucho. Me hace lucir mayor y más seria. Creo que me parezco un poco a esa estrella de cine, Audrey Hepburn. ¡Cómo se va a sorprender Jane al verme! Después de nuestros pelados, tía Carmen nos llevó a G. C. Murphy's, y ella e Ileana me ayudaron a escoger un regalo para Jane. Le compré un disco de 45 revoluciones de Aretha Franklin, en el que canta *Respect*. Jane canta esa canción todo el tiempo. Me da ganas de bailar.

Sábado, 6 de enero

A Jane le encantó el regalo. Nosotros no tenemos tocadiscos, así que no pudimos escucharlo, pero ella dijo que tan pronto llegue a casa lo pondrá en el tocadiscos de su mamá.

Sus abuelos, que están de visita por las fiestas, la trajeron a mi casa, pero sólo por un ratito. Ellos son muy viejitos, más viejos incluso que los míos. Tienen el pelo blanco y los ojos azules del color del cielo y los dos se visten igualito, como mellizos, en *jeans* azules y camisas de vaquero. Todos los veranos se llevan a Jane a una excursión en carro y quieren que yo los acompañe cuando termine el curso. ¿No sería fantástico? Haría cualquier cosa con tal de que me dejaran ir. ¡A lo mejor puedo empezar a darle cuerda a papi desde ahora!

Los abuelos de Jane se sorprendieron de que yo no fuera negra. Dijeron que pensaban que todas las personas de las islas del Caribe eran negras. Yo les expliqué que muchos lo son, pero que mis bisabuelos llegaron de España. Esto me puso a pensar en que los habitantes de diferentes países no saben mucho los unos de los otros. Cuando recién llegamos aquí, yo pensaba que todos los *americanos* serían altos y rubios. Pensé que sólo comerían hamburguesas. Pero descubrí que eso no es cierto. Como los cubanos, los *americanos* son de todos los tamaños y de todos los colores. Comen diferentes comidas, y el idioma suena diferente según quien lo hable. El señor Fixx, el profesor de educación física, tiene un acento que Jane dice que viene del sur. Suena muy distinto a los abuelos de Jane, que vivieron en un sitio que se llama Pittsburgh hasta que se retiraron.

Por el Día de Reyes, mami y papi me regalaron un vestido nuevo color de lima. Es para que me lo ponga sólo para la iglesia o en ocasiones especiales. Tía Carmen y tío Pablo me dieron una lindísima saya-pantalón (como las que todas las chicas en la escuela tienen) y una blusa que hace juego. De abuela y abuelo recibí una caja de talco y un frasco de un perfume de Avón que se llama *Sweet Honesty*. Huele delicioso. Abuelo Tony me dijo bromeando que voy a estar tan bonita y a oler tan bien, que todos los chicos de la escuela van a estar a mis pies. Si él tan sólo supiera que ellos ni se enteran de que existo. Además, todos son bajitos y hacen cada tontería.

Lunes, 8 de enero

Me puse mi nueva saya-pantalón para ir a la escuela. También me unté un poco de perfume detrás de las orejas, como a Ileana y a mami les gusta hacer. Con mi nuevo pelado, todos se pensaron que era una estudiante nueva. Hasta la señorita Reed dijo que me parezco... adivina a quién, ¡a Audrey Hepburn! Julio y David se sentaron con nosotras en el almuerzo e hicieron chistes. Los dos se quedaron mirándome como si nunca antes me hubieran visto. Ahora ya sé cómo se siente Ileana cuando los chicos voltean la cabeza para mirarla. Ella es muy bonita y lo sabe, pero ahora yo también sé que puedo lucir bonita. Me pasé todo el día en las nubes.

Me sentía tan bien que decidí preguntarle a papi sobre el viaje en carro con Jane. "¿Tú estás loca?", me gritó y después se fue. ¡Ni quiso hablar del asunto! Me parece que sé lo que tengo que hacer para convencerlo.

Viernes, 12 de enero

Abuelo Tony está de vuelta en el hospital. Creo que está muy enfermo, pero nadie nos dice a los niños por qué está en el hospital. Por favor, Dios mío, cuídame a mi abuelito. Yo lo quiero tanto.

Sábado, 13 de enero

Hoy pensé muchísimo en mi amiga Ofelia, que está en Cuba. Cuando vivía en La Habana, caminaba casi todos los días hasta su casa, y las dos juntas escuchábamos la radio y hacíamos como si estuviéramos cantando con un micrófono. También nos poníamos a bailar entre las dos, tratando de aprender pasillos nuevos, y si una le daba un pisotón a la otra, nos dejábamos caer en una silla y nos doblábamos de la risa. ¿Podremos seguir siendo amigas si nuestras familias no están de acuerdo en política? ¿La volveré a ver algún día?

Papi insiste en que no estaremos mucho tiempo acá. En el primer día del año, cuando fuimos a casa de tío Pablo después de misa, dijo: "Año Nuevo en La Habana". Bueno, han pasado trece días de este año nuevo y nosotros no estamos en La Habana. Cuando finalmente regresemos, quisiera venir a visitar Miami. Está empezando a gustarme esto aquí. Conozco a los profesores y ellos me conocen a mí. Tengo amigos. Hasta me he acostumbrado al idioma.

Además, tenemos un televisor en blanco y negro que era del jefe de Efraín, porque la familia del señor F. se compró uno nuevo. Ahora no tenemos que ir a casa de mi tío a mirar los programas.

Martes, 16 de enero

Por fin pudimos comunicar con Cuba. Fue anoche, muy tarde, pero mami nos despertó a todos para que pudiéramos hablar con mis abuelos. Sus voces sonaban como si estuvieran hablando dentro del agua. No pude decirles mucho, excepto: "Los quiero". Pepito no estaba ahí. Nadie sabe dónde está pasando el servicio militar, y esto preocupa a mami aún más.

Papi dice que abuelo Tony está mejor, pero si eso es verdad, ¿entonces por qué no puedo ir a visitarlo al hospital?

Jueves, 18 de enero

Todas las tardes, Ileana se demora una hora extra en llegar a casa. Yo estoy segura de que no está tomando el autobús escolar, sino que está viniendo con Tommy. Nadie lo ha notado, pues nuestros horarios están patas arriba con abuelo en el hospital. La ausencia de Ileana significa que yo le tengo que preparar la merienda a Ana Mari y ayudarla con la tarea. Por lo general, comemos arroz con leche, hecho por mami, o queso crema con cascos de guayaba. Yo también limpio la habitación que mami me ha dicho que debemos limpiar. Hoy le tocaba el turno a la sala, así que desempolvé la mesita y sacudí esos cojines pesados del viejo sofá una y otra vez hasta que parecía que los brazos se me iban a desprender. (Un colega de papi, que trabaja con él en el hospital, nos dio el sofá. Está en buenas condiciones, pero es de un color verde bastante feo, como un potaje de chícharos). También barrí y trapeé el piso de la terraza.

No es justo que yo tenga que hacer todo este trabajo sola, pero si le digo a mami, Ileana se meterá en un lío. Ileana me dijo que si yo de verdad la quiero, me portaré como una buena hermanita y mantendré la boca cerrada. Al decir esto, se cerró sus labios apretándolos con dos dedos. No sé qué hacer, pero si me hace ayudarla a doblar la ropa lavada el sábado, voy a hablar. Ella es la que tiene que doblar *toda* la ropa.

Sábado, 20 de enero

Abuelo volvió a regresar del hospital y fuimos a visitarlo a casa de tío Pablo. Se ve muy mal. Como un esqueleto. Tiene los ojos hundidos en las mejillas. Su piel es del color de la tiza y tiene varios moretones en los brazos. Dice que los moretones se le hicieron cuando las enfermeras trataron de ponerle el medicamento y los suplementos intravenosos. Me alegro de no haber estado en el hospital para ver toda esa carnicería.

Abuela María estuvo toda la tarde ocupada, haciendo

potaje de lentejas. Lo va a engordar en un dos por tres, porque ella es la mejor cocinera de la familia. Cuando estábamos en la cocina, (mientras ella cortaba las papas y los pedazos de jamón), abuela estaba llorando muy suavemente. Le di un abrazo fuerte. Ahora yo soy una cabeza más alta que ella. Estoy creciendo, es verdad, pero también me parece que ella se encoge en estatura, de la misma manera que abuelo se encoge en grosor. Ana Mari dice que nuestros abuelos parecen gnomos, esa gente pequeñita de los libros ilustrados que a ella le gusta leer. Cuando llegamos a casa, me los enseñó. Tiene razón, excepto en que abuela y abuelo no tienen esas narices cómicas ni esas verrugas.

Más tarde

Sé que no debí haber ido, pero Ileana me convenció de que lo hiciera. Las dos nos escapamos para encontrarnos con Tommy en la esquina, luego manejamos varias cuadras rumbo a una fiesta que daban una muchacha y un muchacho que estaban solos en su casa, pues sus padres habían salido de la ciudad. Había mucho ruido y varios amigos de Ileana bebían cerveza. Ella me presentó a un chico que está en décimo grado. Me pareció muy agradable y además era, gracias a Dios, más alto que yo. Hablamos un rato, pero cuando se enteró de que yo asistía a *Citrus Grove Junior High*, se notaba que quería zafarse de mí. Después de aquello, me tomó un rato encontrar a Ileana. Estaba en el patio, conversando. Cuando me vio, se inclinó hacia Tommy y me pareció como si iniciaran una discusión. En el carro, rumbo a casa, no nos hablamos. Y ahora yo estoy tan molesta que no puedo quedarme dormida.

Domingo, 21 de enero

Ana Mari nos enseñó a Ileana y a mí una nueva canción norteamericana. Dice así: *"This land is your land, this land is my land / From California to the New York island / From the redwood forest, to the Gulf Stream waters / This land was made for you and me"*.

Se la cantamos juntas a abuelo Tony y nos quedó muy bien, sonábamos casi como *The Supremes*. Lo hizo sonreír de oreja a oreja. También me hizo recordar las veces en que él y abuela hacían de niñeros de nosotros en Cuba. Con la música de la radio puesta, yo me paraba sobre sus zapatos y bailábamos un vals alrededor de la sala, dando vueltas y vueltas, hasta que yo me mareaba.

Algunas veces él iba tan rápido que yo me tenía que agarrar de la hebilla de su cinto. También enseñó a Ileana a bailar cha-cha-chá y mambo, porque dice que todo cubano que se respete debe saber bailar. Está en nuestra sangre, nuestra música, dijo. Esta noche voy a rezar sólo por él. Por lo general, rezo por Pepito, pues pienso que es él quien más lo necesita, pero me parece que Pepito puede esperar un par de noches. Le rezo a la Virgencita de la Caridad del Cobre, pues mami dice que Jesús nunca le niega los pedidos a su madre. Así que, Madrecita que estás en los cielos, cuida de mi abuelo.

Esta mañana en la misa, casi me quedo dormida. Ileana se la pasó dándome codazos para mantenerme despierta. Ahora mami está preocupada, cree que me va a caer una gripe. ¡Si ella supiera! No le voy a contar esto ni a Jane y puedes estar seguro de que no saldré de nuevo. Es muy arriesgado.

Lunes, 22 de enero

Mami siempre dice que la vida está llena de sorpresas y, mi querido amigo, hay que admitir que tiene toda la razón. La persona a quien menos esperaba ver de nuevo entró en nuestra aula esta mañana, mientras daban los anuncios por el sistema de audio. Al principio me sorprendió el parecido entre esta nueva estudiante y una muchacha que conocí en aquella escuela al campo. Pero tan pronto se volvió para ir hacia el asiento vacío que estaba delante de mí, supe que era ella. Grité su nombre al momento: "¡Alina!".

Se alegró mucho de verme. Tenías que haber visto el alivio en su cara, y yo sé la razón. Todavía recuerdo cómo me sentía cuando no conocía a nadie en la escuela. Era tan horrible ser una extraña, no poder reconocer ningún pasillo, ningún aula, ningún profesor. Aún peor es no entender lo que los otros dicen de ti. Por supuesto, la cosa está mejorando un poco ahora que hay más cubanos en la escuela. Algunos profesores también hablan español. De todos modos, es terrible esa sensación de no pertenecer a ningún sitio.

El otro día, tío Pablo dijo que cada vez oye más español en muchos más lugares, especialmente donde él y papi trabajan. También dijo que cada semana llegan cuatro mil personas de la isla en los Vuelos de la Libertad, ese viaje en avión que nos trajo a Miami. Algunos se van más al norte, pero otros se quedan aquí. E incluso, ésos que se mudan a otros sitios, terminan regresando aquí, pues no les gusta el clima frío. La prima de mami vivió durante cinco años en un lugar que se llama Buffalo y regresó el mes pasado. Detestaba la nieve. Creo que me gustaría la nieve... al menos por uno o dos días.

Alina y yo compartimos la misma aula y almorzamos a la misma hora, pero no tomamos ninguna clase juntas. De todos modos, pude enseñarle un poco de la escuela. Noté que estaba un poco nerviosa, pero le dije que yo me sentí así durante mucho tiempo. Claro, ya no me siento así. Hablamos un poco de las muchachas que estaban con nosotras en la escuela al campo. A ninguna de las dos nos caían bien las otras. También me dijo que Ofelia ahora asiste a una escuela especial, que está en las afueras de la capital y que sus padres planean enviar a Ofelia y a su hermano á estudiar a Rusia. ¡Pobre Ofelia!

Alina dice que lo mejor de haberse ido de Cuba es saber que ya nadie la llamará Granito. Me hizo prometer que nunca hablaría de eso. Alina vino con su hermano, que está en sexto grado, y su mamá. Sus padres se divorciaron porque su papá se volvió comunista y quería que su mamá hiciera lo mismo, pero ella se negó. Los abuelos de Alina también viven aquí. Ella adora a sus abuelos, pero extraña a su padre. Quedaron en que se escribirían todas las semanas. No me atreví a contarle de Pepito y de cómo casi nunca sabemos de él. ¿Para qué hacerla sufrir más?

Martes, 23 de enero

A partir de hoy se supone que debemos ir a casa de tío Pablo, para que abuela María pueda cuidarnos allá. Mami nos recogerá cuando regrese del trabajo. Será interesante ver las excusas que va a usar Ileana para explicar sus tardanzas. Traté de decirle que se va a buscar problemas por dejar que Tommy la traiga a casa y por escaparse para ir a esas fiestas, pero me pellizcó el brazo y me dijo que no me metiera en lo que no me importaba.

Jueves, 25 de enero

Mi inglés mejora día a día. Ahora me han dado un papel en una pequeña obra de teatro que vamos a hacer en clase. Sólo digo unas cuantas líneas, pero estoy muy orgullosa de que me hayan escogido. A la hora de almuerzo, Alina y Jane me ayudan a memorizar mi parte. En casa, ensayo mis líneas frente al espejo. Todos han notado cómo mi inglés sigue mejorando, pero a veces me pregunto si eso quiere decir que olvidaré el español. Si domino los dos idiomas, ¿en qué idioma voy a pensar? ¿Cómo rezaré? Ya me ha pasado que me sé los nombres de algunas cosas en inglés, pero no en español. Los he aprendido en la escuela y le tengo que pedir a mami o a papi que me traduzcan las palabras al español.

Viernes, 26 de enero

Cuando abuela María le preguntó a Ileana por qué ha estado llegando tarde toda esta semana, Ileana le dijo que está ayudando con el atrezzo y la escenografía de una obra de teatro que harán en su escuela en la primavera. Estoy segura de que miente. Creo que abuela también sospecha, porque frunció las cejas al mirar a Ileana y le recordó que más sabe el diablo por viejo que por diablo. Ileana debe tener cuidado.

Todas las tardes, antes de que se ponga el sol, Ana Mari y yo sacamos a abuelo Tony a dar un paseíto. Camina tan lento como un caracol, pero le hace falta el ejercicio, así que nosotras tratamos de tener paciencia. Por el camino nos dice los nombres de todos los árboles, flores y arbustos que vemos, así que ya lo sé todo sobre las ixoras, los flamboyanes, los almácigos, los banianos, las impaciencias, los jacarandaes y las señoritas. Dice que cuando él era joven, quería trabajar con plantas, pero que sus padres lo hicieron estudiar medicina, pues su padre era un médico rural. A él le gustó la medicina, pero ahora que es viejo hubiera querido prestarle atención a sus sueños. Nos preguntó si estábamos interesadas en alguna materia en particular de la escuela. Ni Ana Mari ni yo tenemos una materia preferida, aunque pienso que soy buena en matemáticas. "Escuchen a su corazón —nos dijo—, pues eso las hará más felices".

Lunes, 29 de enero

No me equivoqué en ninguna de mis líneas de la obra de teatro en la clase de inglés. Ni una vez. Pero sí sentí que la cara se me ponía roja cuando hablé frente a mis compañeros de clase. Me hubiese gustado que mami y papi me hubieran visto.

Martes, 30 de enero

Jane me enseñó una carta de sus abuelos. Me han invitado una vez más a la excursión en carro durante el verano, cuando recorrerán todo el estado de la Florida. Se lo volví a decir a papi, pero hizo un gesto con la mano y respondió: "Para el verano ya estaremos de regreso en La Habana". Me volví hacia mami, pero ella se negó tan siquiera a considerarlo. Creo que tendré que trabajar duro para intentar convencerlos. ¡Pero tengo que lograrlo! Será tan emocionante visitar distintas ciudades y ver el resto de este estado.

Martes, 1 de febrero

Algo grande está pasando en el mundo porque abuelo y abuela están pegados a la radio. Escuchan un programa en español llamado *La voz del pueblo*. Ileana me explicó que están sucediendo cosas horribles en la guerra en Vietnam. Tommy y un grupo de muchachos mayores que estudian en la universidad local quieren organizar una marcha para protestar en contra de la guerra. Ella quiere unírseles y llevar carteles, igual que los estudiantes que vemos en la televisión. Ahora sí que Ileana quiere buscarse problemas.

Sábado, 3 de febrero

Los problemas se nos han venido encima. Más, mañana.

Domingo, 4 de febrero

Tenía que suceder. Mami nos atrapó al regresar, cuando nos colábamos en la casa. Estaba esperándonos en la sala, fumando un cigarrillo. Yo nunca la había visto fumar. Seguro que estaba muy nerviosa. Tan pronto como entramos, encendió las luces y apagó el cigarrillo en un cenicero. Pensé que me iba a desmayar cuando le vi la cara. Me arrastró por el pelo hasta su cuarto y regresó a la sala a gritarle a Ileana. La bulla despertó a Ana Mari, que, como es habitual, empezó a llorar. Cuando mami paró de dar gritos, nos hizo sentarnos en la cocina y decirle a dónde habíamos ido y qué habíamos hecho. Ileana habló primero y juró que ella era responsable por haberme llevado. Insistió en que yo no fuera castigada. Eso fue muy amable de su parte. La verdad es que yo fui porque quería ir, a pesar de que todos estos días me he estado recordando que ir a esas fiestas sólo nos puede traer problemas. Una parte de mí sabía del peligro, pero a la otra parte le gustaba la atención que me prestaban los muchachos... ¡siempre y cuando yo no les dijera que estaba en octavo grado! Mami le dijo a Ileana que debía darle vergüenza estar llevándome por el mal camino y nos hizo prometerle que no volveremos a hacer nada parecido. Dijo que no se lo va a decir a papi. "Si llega a enterarse, será como si le clavaran un cuchillo en medio del pecho", explicó. Gracias a Dios, él estaba fuera durante el fin de semana en uno de sus entrenamientos militares. Lidiar con él habría sido doblemente difícil.

De todos modos, mami nos castigó. No podré hablar por teléfono por una semana. Ileana tampoco, y tiene que dejar de ver a Tommy a escondidas. Espero que esto no arruine mis posibilidades de dar ese viaje en carro con Jane y sus abuelos. Ahora no me atrevo a volver a hablar de eso hasta que mami no se calme.

"Tú vienes de una buena familia —le dijo a mi hermana—. Tú no eres una vagabunda ni una cualquiera. No puedes verte con hombres cuando y donde ellos quieran. Si un joven quiere cortejarte, debe hacerlo de la manera correcta".

Luego nos dio una perorata, diciendo que "la virtud" es la cualidad más importante que una muchacha le puede dar a su esposo. "Las *americanas* —dijo—, entregan la virtud como si fuera cosa de poca importancia".

Lunes, 5 de febrero

Hoy recibimos dos cartas de Pepito. Una estaba fechada en agosto, pocos días después de que nos fuimos y era más vieja que la que recibimos antes de Navidad. No entiendo por qué demoró tanto en llegar. La segunda carta estaba fechada en diciembre. Ambas eran muy cortas y se nos hizo muy difícil entender su letra. En la primera carta, nos habla de los músculos fuertes que está desarrollando, pues hace mucho ejercicio físico. También ha hecho nuevos amigos y está jugando segunda base y bateando de tercero en la alineación. (No sabemos en qué equipo de béisbol es esto, pero papi piensa que debe ser el del pelotón de Pepito). Le pide a Ileana que le guarde revistas que tengan artículos sobre Elvis Presley y los Beatles. Esto sí suena a Pepito, pero en la segunda carta, hay toda una sección que está tachada con pluma. Papi dice que eso es lo que hacen los censores del gobierno cuando una carta revela cosas que hacen lucir mal al gobierno. Me pregunto qué será lo que escribió. A lo mejor algo muy malo le ha pasado a Pepito. A lo mejor le están dando comida con gusanos y lo obligan a hacer cosas horribles. Las otras partes de la carta las podemos leer bien, pero no suena tan animado como en la carta de agosto. Escribe que nos extraña y lamenta que no nos verá en largo tiempo. "Temo que Ana Mari se olvidará de mi cara". Eso escribió. "Yo no la olvidaré a ella ni a su risa. ¿Todavía se sigue riendo como una hiena?". (A Ana Mari no le gustó esta parte de la carta, pero lo que escribe Pepito es verdad. Es verdad que tiene una risa muy cómica).

Mientras escuchaba la lectura de la carta en voz alta, sentí que los ojos se me ponían calientes. Miré a mami, pero ella no estaba llorando. Tenía la vista fija al frente y la barbilla apuntando hacia delante. Pasó el resto de la noche despistada. Hasta quemó el pollo en el horno y tuvimos que quitarle el pellejo tostado y comernos el resto, pues nosotros no podemos darnos el lujo de botar comida. El pollo estaba duro y reseco.

Martes, 6 de febrero

Un grupo de adolescentes le tiró huevos al apartamento de Alina que está en el primer piso. Por poco matan del susto a sus abuelos, su mamá y su hermanito. "¡Regresen al lugar de donde vinieron!", gritaron. Y también gritaron: "¡Spics!".

Alina no tiene idea de quiénes son estos muchachos. Está segura de que no viven en su edificio. El suceso molestó a su mamá tremendamente. Ella y la abuela tuvieron que limpiar el pegote de los huevos que entró por las persianas y manchó el sofá.

Ahora la mamá de Alina trata de que las ventanas estén cerradas todo el tiempo, lo que hace que el apartamento se convierta en un horno. La familia tiene que andar en ropa interior y sentarse frente a los ventiladores para mantenerse fresca. Alina dice que es imposible concentrarse para hacer las tareas. Sueña con mudarse a Nueva York o Chicago, porque ha leído que en esas ciudades nieva mucho y nunca hace calor. Siento lástima por Alina, pero no sé qué hacer.

Miércoles, 7 de febrero

Mami todavía trabaja en la fábrica de zapatos y tía sigue en esa lavandería, pero ahora tienen nuevos trabajos nocturnos. Abuela las ayuda. Están cosiendo perlas y lentejuelas en unos suéteres y les pagan por cada pieza. Un hombre trae los suéteres en una caja grande, y las perlas y lentejuelas, en otra. Es amigo del jefe de Efraín en la tienda de artesanía, y les permite hacer este trabajo en casa, y por eso fue que ellas aceptaron. Al principio papi no quería que mami lo hiciera, pues tendría que estar más tiempo lejos de nosotras, sus hijas, pero ella le aseguró que sólo haría este trabajo después de la cena y una vez que hubiéramos terminado nuestras tareas.

Mami y papi discuten a menudo. A veces podemos oírlos desde nuestro cuarto. Discuten por las mismas cosas: el trabajo de mami, el entrenamiento militar de papi, que si mami gasta mucho dinero, que si papi no hace planes para el futuro. A lo mejor es normal que los matrimonios discutan. Sin embargo, yo sinceramente espero que no signifique más que eso. Un divorcio siempre hace que los hijos echen de menos a uno de los padres. Mira lo que les ha pasado a Alina y a Jane.

Jueves, 8 de febrero

De veras echo de menos llamar por teléfono. Al final del día en la escuela, tengo tantas cosas que contarle a Jane que creo que voy a explotar de tantas noticias. Pero entonces tengo que aguantarme toda la noche y esperar a verla en el aula a la mañana siguiente. Tenía que haber sabido que iban a atraparnos más tarde o más temprano.

Ileana ha estado muy tranquila esta semana. Me pregunto si le habrá dicho a Tommy lo de nuestro castigo.

Faltan dos días para que pueda volver a usar el teléfono.

Sábado, 10 de febrero

Papi se lastimó en una de las maniobras militares. No fue nada serio, pero regresó a casa temprano este fin de semana, con un tobillo hinchado. Tío Pablo le dijo que tenía que hacer tanto reposo como le fuera posible durante los próximos días. Mami estaba furiosa.

Sin embargo, estoy feliz de que haya regresado. Esta tarde, él y yo comimos una crema carmelita, los *americanos* le dicen mantequilla de maní, con galletas de soda que compramos en la panadería cubana y nos reímos de cómo se nos pega al cielo de la boca. "Boba, qué boba", me dijo papi y me dio un abrazote.

Lunes, 12 de febrero

Hoy, mientras ayudábamos a abuelo Tony con sus ejercicios, nos preguntó a Ana Mari y a mí qué era lo que recordábamos de Cuba. Yo le hablé de mi escuela y de la meseta de azulejos de la cocina y de las calles estrechas de adoquines de la Habana Vieja y de la arena blanca de la playa de Santa María del Mar y del sabor a mantequilla de los panqués Jamaica y de los dos sillones de mimbre de nuestro portal y del portón de hierro que siempre chirriaba y de mis sábanas rosadas y de las altas, altísimas palmas en el camino lleno de curvas que conducía a la finca de mi tío y del guarapo que bebíamos en la bodeguita que estaba a la vuelta de la esquina. Ahora que lo pienso, recordábamos muchísimo.

"Espero que siempre recuerden su tierra natal de esa manera", nos dijo. Su voz sonó medio rara, como si estuviera a punto de llorar. Entonces Ana Mari le recordó a abuelo que papi decía que era probable que estuviéramos de regreso para el verano porque la gente en la isla ya no quiere un mal gobierno y está cansada de no tener suficiente comida y de tener que hacer colas para comprar cualquier cosa, hasta el papel higiénico. Entonces abuelo abrió la boca para decir algo, pero parece que cambió de opinión a mitad de camino. Sencillamente nos indicó que siguiéramos caminando. Más tarde, nos detuvimos frente a un árbol de flores amarillas y él nos preguntó el nombre. "Árbol de velas de Navidad", grité inmediatamente. Abuelo aplaudió. Luego nos dijo el nombre en latín, pero ya se me ha olvidado.

He estado pensando acerca de lo que abuelo dijo de nunca olvidar nuestra tierra. A veces me preocupa que pueda suceder, pues cierro los ojos y hay caras y lugares y hasta decoraciones de nuestra antigua casa que no puedo recordar en detalle. Me hace preguntarme si tengo o no un hogar. Y con esto quiero decir un *hogar*, no una *casa*. Tengo una casa en Cuba, en mi vecindario de La Víbora, pero también tengo una casa aquí. ¿Cuál de las dos es verdaderamente mi hogar?

Esta noche le hice esa pregunta a Ileana después de cenar y me miró como si me hubiera acabado de bajar de una nave extraterrestre. Entonces se sentó junto a mí en el viejo sofá color de chícharos y me abrazó. No sé ni por qué, pues no ha hecho eso en mucho, pero mucho tiempo. No dijo nada, sólo me dio palmaditas en la espalda. Pero, por fin, habló y mientras más pienso en sus palabras, más me doy cuenta de que tiene razón. Me dijo que el hogar está donde está el corazón. Es donde están tus seres queridos y te sientes cómoda andando de un lado a otro en pijamas, con rolos en el pelo.

Bueno, entonces eso quiere decir que tengo un hogar aquí y tengo un hogar allá, al otro lado del mar, siempre allá.

Lunes, 19 de febrero

No te olvidé. He estado demasiado ocupada para escribir. Entre las tareas, la limpieza de la casa y los paseos del abuelo, todo mi tiempo parece estar ocupado. Y entonces, encima de todo, mami y tía Carmen recibieron un nuevo encargo para bordar suéteres. El hombre de la fábrica se puso tan contento con su trabajo que esta vez les trajo el doble de lo que trajo la primera vez. Por esa razón, mami y tía Carmen nos han pedido que las ayudemos a organizar las lentejuelas y las perlas para que les sea más fácil coserlas a los suéteres. Ileana y yo también las ayudamos a prender con alfileres los moldes de los adornos en las partes delanteras. Ileana dice que si ella puede hacer esto gratis, entonces debería conseguirse un trabajo pagado como cajera en el *Grand Union*. Mami dijo que ella es demasiado joven, aunque tiene diecisiete, la misma edad que tenía Efraín cuando empezó a trabajar en *Tandy*, la tienda de artesanía. "Con los varones es diferente", dijeron mami y tía Carmen al unísono. "No en este país", les respondió Ileana sin perder un segundo.

Martes, 20 de febrero

A papi le aumentaron el sueldo. Además, lo trasladaron al departamento de compras del hospital, donde tiene más trabajo. Para la cena, nos llevó a un lugar donde venden hamburguesas, en la calle siete del *Northwest*, que se llama *Burger Castle*. Tiene una gigantesca estatua llena de luces de un hombre con una corona en la cabeza. Comimos hamburguesas, papas fritas y batidos. ¡Qué rico estaba todo!

Miércoles, 21 de febrero

Efraín le encontró trabajo a Ileana en su tienda de artesanía. Ahora ella quiere que la ayude a convencer a mami y a papi de que le permitan aceptar el trabajo. Me parece que es una magnífica oportunidad, porque si Efraín puede trabajar, Ileana también puede. Pero mis padres nunca prestarán atención a razones como ésa. Estoy segura de que van a inventar alguna excusa.

¿Cómo lo sé? Porque cuando hablé con mami acerca del viaje en carro este verano, me dijo que lo iba a conversar con papi. Bueno, yo sé lo que él va a decir.

Viernes, 23 de febrero

Me pesa decirlo, pero tenía razón. Papi se negó a darle permiso a Ileana para trabajar con Efraín. Dijo que ella era demasiado joven e inexperta, especialmente si quería trabajar en una ciudad llena de lobos. Así fue como dijo. ¿Qué lobos? Ella trabajaría con Efraín y su jefe y la esposa de su jefe. Nosotros ya los conocemos y son gente muy amable. Y también han sido muy buenos con Efraín. Ya me imagino lo que me dirá papi cuando vuelva a hablarle del asunto del viaje con los abuelos de Jane.

Ileana argumentó que siempre seguiría siendo inexperta si continuaba presa en su propia casa. Mami la defendió, cosa que me sorprendió, pero papi no cedió terreno. Él puede ser muy cruel a veces. ¿Quién lo hizo jefe? Quisiera que mami se le enfrentara más. Ella anda siempre en puntillas para no molestarlo. Me pregunto qué va a decir él cuando se entere de que mami ha aprendido a manejar con Efraín y tía Carmen. Será mejor que no haga una escena. De hecho, más le vale sentirse orgulloso de ella. Mami se está esforzando para ser valiente y adaptarse a esta nueva vida.

Sábado, 24 de febrero

¡Papi compró un carro! Fue una gran sorpresa. No le dijo una palabra a nadie cuando salió con mami esta mañana a ocuparse de unos asuntos. Pensamos que iban a visitar a alguien al hospital, porque no nos permitieron ir con ellos, pero lo último que se me ocurrió que podía pasar es esto. ¡Nuestro propio automóvil!

Es un Plymouth "pisicorre" del 54 y papi se lo compró al padre de un hombre que trabaja con él. Es verde y la parte de adentro está en buenas condiciones, considerando que es un carro viejo. Las tres hermanas cabemos cómodamente en la parte de atrás. Papi nos dio una vuelta a la manzana y luego manejó a casa de tío Pablo, y después todos nos turnamos para dar un paseo, incluso abuela María, que se puso a chillar de contenta, como si fuera una chiquilla. Después de que tía Carmen hiciera café, mami le dijo a papi que tenía algo que mostrarle. Él le dio una mirada de ésas, y todos salimos para ver cómo mami se sentaba en el asiento del chofer y sacaba a papi a dar un paseo en el carro. Cuando regresaron, papi estaba pálido. Le dijo a tía Carmen que había enseñado muy bien a mami a manejar, pero que todavía necesitaba practicar un poco más doblar las esquinas. Dijo que por poco lo mata del susto cuando dobló a la derecha en una esquina con el carro a millón. Tío Pablo y abuelo Tony le dieron un golpecito en el hombro y varias palmadas en la espalda. A mí me sorprendió, pero también me alivió ver que no se había enojado.

Ahora que tenemos un carro, supongo que no regresaremos a Cuba tan pronto.

Martes, 27 de febrero

Hay un muchacho nuevo en la clase. ¡Es tan lindo! Jane casi se desmaya cada vez que él le pasa por al lado. Es cubano, pero vivía en algún lugar al norte. Está en casi todas mis clases, pero no me atrevo a hablarle. No sabría qué decir. Además, me preocupa cómo me veo. Un día mi cara parece normal, como si me quedara perfecta. Otros días, me miro en el espejo y mi nariz es muy grande y mi boca parece torcida y tengo un ojo más pequeño que el otro. También me gustaría que mi pelo no fuera tan lacio. Me cae sobre las orejas como espagueti mojado. A lo mejor me hace falta otro corte. O a lo mejor debería dejármelo crecer. Por suerte no tengo granitos. ¡Pobre Alina!

Miércoles, *28 de febrero*

Cuando a Ileana se le mete algo en la cabeza, no lo suelta. Hoy volvió a preguntar si podía trabajar con Efraín. Y papi volvió a decir que no. ¿Podré esperar otra respuesta a mi petición para el viaje en carro?

Por fin le pregunté por Tommy y se encogió de hombros. "¿Quién quiere una novia que no puede ir a ninguna parte? —me preguntó—. Es como si estuviera en la cárcel". Si Tommy ya no es su novio, ella probablemente no participará en las marchas de protesta contra la guerra. ¡Gracias a Dios! Papi se molestaría mucho si ella hiciera algo así.

Jueves, *29 de febrero*

¡Esto es increíble! ¡Absolutamente increíble! Cuando estaba caminando con abuelo Tony, nos encontramos al muchacho nuevo de la escuela. Se llama Juan Carlos y vive a dos cuadras de casa de mi tío. Jane tiene razón. Es muy lindo, pero yo soy más alta que él. Y su voz es un poco chillona. Hablamos con él durante unos minutos. Es decir, abuelo habló con él, y él fue muy educado. Yo no sabía dónde meterme y me quedé mirando las grietas de la acera.

Viernes, 1 de marzo

No vimos a Juan Carlos en nuestra caminata de la tarde, pero abuelo nos enseñó las partes de la flor de un arbusto de ixora. Yo me sabía ya todos los nombres en español y ahora, gracias a abuelo, me los sé también en latín. Supongo que pronto me los aprenderé en inglés también. Tres idiomas, imagínate tú.

Sábado, 2 de marzo

Hoy fuimos a la más fantástica de las tiendas. Se llama La Tijera y está en Flagler y la avenida Doce. Allí fue donde mami y tía Carmen compraron cosas para la casa cuando nos mudamos. Tienen todas las cosas como las de Cuba. Vimos trapeadores, sartenes, tazas de café y jarras de aluminio para hervir la leche, todo al estilo cubano. La verdad es que, por supuesto, ninguna tienda en la isla tendría tantos productos en las vitrinas. Además, los clientes no hubieran podido comprar nada, a no ser que tuvieran los cupones necesarios.

Aunque le echamos el ojo a muchas cosas, sólo compramos lo que nos hacía falta. Tía Carmen se compró una máquina de moler carne, igualita a la que tenía en Cuba. A mami le hacía falta una batea y un mortero y un mazo de madera para machacar ajo. También compró un molde de aluminio para el flan y un aparato de madera para hacer chicharritas. Espero que papi no se queje de que estas necesidades fueron un gasto de dinero. Ésas son sus primeras palabras cuando le enseñamos cualquier compra... ¡hasta el papel sanitario!

Antes de irnos, tía señaló a los tres hermanos, dueños de la tienda. La abrieron al darse cuenta de que la gente como mis padres necesita cosas para el hogar, pero prefiere comprar lo que reconoce. Dijo que si manejas por Flagler o por la Calle Ocho del *Southwest*, hay muchas tiendecitas abiertas por cubanos en los últimos tres o cuatro años. Hay un restaurante de comida chino-cubana, una tienda de productos religiosos, varias panaderías, y hasta una botánica que vende provisiones a los santeros. Me pregunto si papi habrá visto estas tiendas.

Y si las ha visto, ¿qué pensará? Yo sé lo que piensa: esa gente no va a regresar a Cuba tan pronto.

Domingo, 3 de marzo

Hoy jugué dominó con los adultos y gané. Yo era la pareja de juego de papi, pues mami andaba por la cocina, restregando los calderos sucios después del gran almuerzo del domingo. Por lo general, tío Pablo y tía Carmen ganan, porque son buenos jugadores de dominó y además tienen suerte. Efraín e Ileana a veces juegan, pero no prestan mucha atención a las fichas. De hecho, Efraín por lo general juega con abuelo Tony, pero abuelo estaba muy cansado y prefirió acostarse a dormir. Así que Efraín convenció a Ileana para que dejara de mirar revistas de moda y se portara como una buena prima, es decir, que jugara de pareja de él. Buena prima o no, los dos juegan pésimamente juntos. Ileana no le prestó atención a lo que estaba en la mesa, así que no sabía qué jugador no llevaba qué ficha. Para mí, ése es el gran reto del juego.

Cuando vivíamos en Cuba, la familia solía jugar dominó todos los domingos de invierno, después de la misa y el almuerzo. Los dos pares de abuelos y los tíos participaban. Los primos también. Los torneos duraban horas, especialmente si sólo jugaban los hombres y se fumaban sus tabacos y se tomaban sus buchitos de café. Abuela siempre hacía flan y la especialidad de tía Carmen era las torrejas.

Pensar en esto me da mucha hambre. La boca se me hace agua con el sirope de las torrejas. Me acabo de dar cuenta de que no he comido ninguna desde que llegamos a Miami.

Lunes, 4 de marzo

¿Recuerdas a los dos hombres de trajes grises que se llevaron a papi a su oficina para interrogarlo, hace varios meses? Esta noche se volvieron a aparecer en el umbral de la puerta, ahora con un tercer hombre que hablaba español. Nada más y nada menos que cuando estábamos haciendo las tareas y mami y tía Carmen andaban cosiendo las lentejuelas en los suéteres.

Sin embargo, fueron muy educados. Hablaron con papi en la cocina, durante casi dos horas. Mami casi no podía mantener el pulso firme para ensartar la aguja. Cuando se fueron, todos hicimos como si no hubiera pasado nada. Todos menos mami, que tiró el suéter en su canasto de costura y salió de la habitación. Papi la siguió. Cuando los dos regresaron a la sala, pude ver que habían discutido, pues los labios de mami estaban contraídos y en la frente de papi sobresalía una vena.

Miércoles, 6 de marzo

Saqué otra nota perfecta en mi examen de matemáticas. Y Ana Mari ganó el tercer lugar en la competencia de ortografía de su clase. Recibió una cinta amarilla y mami se la enseñó a toda la familia.

Jueves, 7 de marzo

Esta noche, en la cena, papi nos sorprendió a todos al anunciar que después de mucho pensarlo, ha decidido autorizar a Ileana a que trabaje con Efraín en la tienda de artesanías... *siempre y cuando eso no interfiera con sus estudios.* Dijo esta última parte que parecía que hablaba en mayúsculas. Creo que mami sabía algo de esto de antemano, pero a Ileana y a los demás nos tomó desprevenidos. Tenías que haber visto la cara de Ileana. Primero abrió los ojos desmesuradamente, después los entrecerró como sospechando... como si los frijoles negros y el arroz que tenía en la boca se hubieran vuelto demasiado calientes. Tan pronto como terminó la cena, llamó por teléfono a Efraín. Acordaron que mañana se va a encontrar con él en la tienda de artesanías, después de la escuela.

Sábado, 9 de marzo

Ileana empezó a trabajar hoy. Vino a casa con el delantal blanco puesto y el pelo recogido en un moño. Lucía muy adulta. Me dejó ver en la televisión todos los programas que quise y no se quejó a mami ni una vez.

Además, hoy mami tomó su examen para sacar la licencia de conducción y ahora está autorizada a manejar el carro. Está tan orgullosa de sí misma que brilla como un faro. Trata de practicar cada vez que puede: maneja hasta el *Grand Union* o la farmacia... a cualquier parte, a ocuparse de cualquier asunto. Siempre nos invita a que vayamos con ella, pero la verdad es que a veces me pongo nerviosa cuando maneja. Se concentra tanto en la carretera y el timón que su cara está toda tensa. Tampoco nos deja poner la radio, ni siquiera hablar entre nosotras. Nada que ver con papi, que a veces maneja con la mano derecha mientras apoya el brazo izquierdo en la ventanilla. Él tiene un bronceado cómico por cuenta de eso.

Por último, otro suceso importante: tío Pablo tomó el último de sus exámenes para obtener la licencia y convertirse en médico en este país. Los resultados se demoran un poco, pero él piensa que salió bien. Eso espero. Ha estudiado mucho.

Martes, 12 de marzo

Estoy tratando de ayudar a Alina con sus tareas todo cuanto puedo y ella ha mejorado tremendamente en matemáticas. Su inglés también está mejorando, pero como no le gusta leer, su vocabulario es limitado. A sugerencia de Jane, le he dado los libros de Nancy Drew. A lo mejor le interesan.

Miércoles, 13 de marzo

A Ileana le encanta su trabajo. Cada noche nos cuenta algo de algún cliente o del señor F. Todos llaman al dueño por la inicial de su apellido, pues su nombre es muy largo y no sabemos cómo pronunciarlo. Hoy una mujer vestida con un traje muy elegante vino a la tienda y compró tres docenas de juegos de cartera con diseño de concha de mar. Pidió que se los enviaran por correo a su casa en Nueva York. Entonces les dio a cada uno, Efraín e Ileana, ¡un dólar de propina!

Viernes, 15 de marzo

Hoy no salí a caminar con abuelo porque mami y tía Carmen me pidieron que las acompañara a una tienda desde donde se envían medicamentos a Cuba. Nuestro paquete contenía aspirinas, vitaminas, bolitas de algodón, dos pares de espejuelos, mercurocromo, gasa, vendas adhesivas, un medicamento para la diarrea y otros con nombres que no reconocí. Cuando le pregunté a mami cuánto había costado enviar por correo todo eso, me dijo: "Un ojo de la cara". Sin embargo, más tarde me dijo que el paquete valía cada céntimo pues mis abuelos no pueden encontrar ninguna de esas medicinas en Cuba. Cuando nos fuimos, la cola se había alargado tremendamente y seguían llegando personas a la tienda para enviarles a sus parientes las cosas que necesitan. Tía Carmen dice que los sábados no puedes ni entrar por la puerta, de lo lleno que está el lugar.

Jane está preparando su fiesta de cumpleaños para el mes que viene. La señora Henderson dice que Jane puede invitar a cinco muchachas a comer pizza y quedarse a dormir. Nunca he ido a una de estas fiestas. Ése es un concepto muy estadounidense. Todos mis cumpleaños en Cuba eran en mi casa y los celebrábamos en las tardes de domingo. Comíamos croquetas, bocaditos y pastelitos y toda la familia venía, hasta mis tíos abuelos y mis tías abuelas. Jugábamos a ponerle el rabo al burro con mis primos y rompíamos una piñata grande en el patio. Recordar esas fiestas me pone alegre y triste a la vez: me alegra pues recuerdo lo bien que la pasaba y me entristece porque sé que todos los primos no vamos a reunirnos de nuevo en mucho tiempo.

Ya le he dicho a mami lo de esta fiesta y que es para quedarse a dormir en casa de Jane. Le expliqué que dormiría en un saco de dormir que me prestará la señora Henderson y que después de la pizza y el ponche, todas las muchachas se peinan las unas a las otras y se hacen rizos en el pelo y se pintan las uñas. (A mí no me permiten hacer eso, ni depilarme las cejas, hasta que cumpla los quince). Jane dice que también escucharemos la radio o el tocadiscos y bailaremos tantas canciones como se nos antoje. Mami nunca había oído hablar de este tipo de fiesta y prometió consultarlo con papi. Bueno, yo sé exactamente lo que él va a decir. ¿Por qué ella no puede tomar una decisión por sí misma? Creo que voy a pedirle a la mamá de Jane que llame y hable con mami.

Supongo que si me autorizan a ir a esta fiesta y todo sale bien, podré convencerlos de que me dejen ir al viaje en carro este verano. Ya sé que he plantado la semilla en las mentes de mami y papi. Ahora tengo que esperar a que eche raíces y luego dejarla que florezca. Creo que ése es el tipo de consejo que abuelo me daría. Sólo espero que mami se haya olvidado de cuando nosotras nos escapamos en medio de la noche.

Sábado, 16 de marzo

Ha pasado algo horrible, pero no estoy segura de qué es. Hace un par de horas, tío Pablo entró a la casa como un cohete, queriendo saber dónde estaba papi. Estaba desesperado. Le dijo a mami que pusiera la radio tan pronto cruzó el umbral de la puerta. Pasó un largo rato hasta que escuchamos un boletín de noticias en el que informaban que varios cubanos habían sido arrestados mientras salían de Cayo Hueso en un barco lleno de armas, con dirección a Cuba. Tío Pablo quería saber si papi había mencionado algo acerca de salir del país. Mami negó con la cabeza y continuó exprimiéndose las manos hasta que tío Pablo la hizo sentarse en un sofá de la sala. Me dijo que le sirviera agua fría y que me quedara con ella hasta que el resto de la familia viniera a hacernos compañía. Hizo unas cuantas llamadas telefónicas y ahora estábamos a la espera de más noticias.

Estoy tratando de no pensar mucho en el boletín de noticias, pero me resulta difícil concentrarme en cualquier otra cosa. Mi mente regresa a lo que dijo el locutor de radio. ¿Es posible que mi padre sea uno de los siete hombres que fueron llevados a prisión en Cayo Hueso? No puedo imaginarme a papi vestido de soldado subiéndose a un barco rumbo a Cuba con armas y bombas. Y, además, por la noche. Eso es muy peligroso. A mí me gusta pensar en su entrenamiento militar de los fines de semana como algo que él hace para practicar, pero no como algo real.

Virgencita, Madre de Dios, yo sé que no siempre rezo fielmente mis oraciones. A veces se me olvida antes de dormir, pero por favor, cuida a papi.

Más tarde

Todos estamos mirando la televisión, incluso abuelo Tony que no sale mucho de noche a causa de su salud. No hemos tenido noticias de papi, pero eso no es raro. En los fines de semana en que se va, no llama ni regresa hasta el domingo en la tarde o en la noche. Es tan dura la espera...

Si papi ha sido arrestado, tío Pablo piensa que nos llamará para decírnoslo. También nos enteraríamos de quiénes han sido arrestados cuando los locutores digan sus nombres. Los nombres también pueden aparecer en los periódicos de mañana, pero mañana parece estar tan, pero tan lejos.

Mami se ha tomado esto con mucha calma. Sin embargo, abuela María está muy molesta. Camina de un lado a otro de la habitación y ha llamado a su primo en Nueva Jersey. Él trabaja para el gobierno en un pueblo de ésos por allá arriba y ella piensa que él puede tener algún contacto que nos ayude. Cuando ella dice esto, tío Pablo pone los ojos en blanco.

Antes de dormir

Todavía nada. Las noticias de las 11 p.m. tampoco revelaron los nombres. Estoy demasiado cansada para escribir.

Domingo, 17 de marzo

Cuando desperté esta mañana, mami se había ido y abuela María preparaba café en la cocina. Me dijo que todos los adultos habían salido para Cayo Hueso muy, pero muy temprano. "¿Eso quiere decir que arrestaron a papi?", interrogué. Pero abuela sólo levantó la mano, como para detener mis palabras. Insistió en que me sentara a desayunar. Comí, aunque tenía el estómago lleno de nudos.

Casi al mediodía, mami llamó para decir que habían encontrado a papi y que estarían manejando de regreso más tarde. ¿Entonces papi regresaría con ellos? ¿Desde dónde estaban llamando? ¿Era él uno de los siete hombres arrestados? Tenía muchas preguntas, pero abuela todavía no estaba segura, o al menos eso me dijo, de las respuestas.

El resto del día duró una eternidad. Terminé mis tareas y jugué parchís con Ana Mari. Abuelo Tony nos sacó a dar una caminata y trató de animarnos. "Las cosas siempre suceden por una razón", seguía diciéndonos. ¿Pero de qué cosas hablaba? Detesto no tener respuestas. También llamé a Jane y Alina varias veces, pero al principio me daba pena contarles de papi. Me daba miedo que si sus madres se enteraban de que papi había sido arrestado no las dejarían seguir siendo mis amigas.

Sin embargo, por la noche, no pude aguantar más y les conté. Las dos quisieron venir a consolarme, pero abuela dijo que éste no era el momento apropiado. En vez de eso, hablamos por teléfono y ellas me repetían que no me preocupara, que todo iba a salir bien. Pero ya es la hora de dormir, escucho los gritos de abuela diciéndonos que apaguemos la luz y todavía no sé dónde están mis padres o por qué mi papá estaba en Cayo Hueso. Si mi cabeza no estuviera latiendo tan fuertemente y si el estómago no me retumbara con tanta furia, creo que tendría la energía necesaria para rezar.

Lunes, 18 de marzo

Papi estaba en casa cuando regresamos de la escuela. Yo corrí hacia él y le di un abrazo fuerte. Estaba tan aliviada de verlo. Entonces le hice un millón de preguntas. Dijo que no lo habían arrestado en el grupo de los siete hombres, pero que estaba en un segundo barco a varios metros de distancia con otros dos, así que se lo habían llevado para interrogarlo. Parecía no haber dormido en toda la noche.

Mami no lucía mucho mejor y estaba furiosa. Hace un ratito tuvieron una discusión de las gordas, la misma discusión que han tenido un millón de veces. Ella quiere que deje el entrenamiento militar.

"Supón que vas a Cuba —le dijo—, ¿qué vas a hacer si tú y Pepito están en lados opuestos del mismo campo de batalla?".

Papi no respondió. Lo único que dijo fue que era su deber como cubano luchar por la libertad de su país y que no se podría mirar en el espejo si les volvía la espalda a los que quedaban en la isla.

No sé qué pensar. Puedo entender cómo se siente mami. Ella quiere que papi esté con nosotros, para que la ayude a comenzar una nueva vida. Pero entonces, cuando miro las cosas desde el punto de vista de papi, también entiendo por qué hace lo que hace. Él quiere mucho a Cuba y detesta ver a la isla castigada por un mal gobierno.

¡Ay, estoy tan confundida!

Martes, 19 de marzo

Me enteré de que Ileana todavía pertenece al grupo de estudiantes pacifistas de su escuela. Su libreta está llena de volantes que Tommy quiere que reparta antes de que suene el primer timbre. Ella misma dibujó los volantes. Le advertí que tuviera cuidado con mami, pero me ignoró. No me trató mal, pero me dijo que yo era muy joven para entender que a veces una persona debe decir lo que piensa, sin preocuparse por lo que vayan a decir los demás. Ileana piensa que es importante actuar y no quedarse sentada esperando a que las cosas cambien. ¿Te suena familiar? Ya sé cómo se siente mami cuando papi ignora sus advertencias.

Viernes, 22 de marzo

Recibí la invitación al cumpleaños de Jane. Será dentro de quince días, después de las vacaciones de Pascua. Se la enseñé a mami y me prometió conversarlo con papi. También le di todos mis trabajos de la escuela con las buenas notas que saqué esta semana. Se me ocurrió que no sería nada malo mostrarles lo buena estudiante que soy.

Jueves, 28 de marzo

Casi una nota perfecta en matemáticas: 95 puntos. Pude haber sacado 100, si no hubiera cometido un error tonto de aritmética. La próxima vez revisaré más cuidadosamente mi trabajo. Por supuesto, también me aseguré de entregarle a mami este examen.

Domingo, 31 de marzo

Domingo de Ramos. Nos fue posible tomar varias hojas de palma en la iglesia, y abuela María y abuelo Tony me están enseñando a trenzarlas para hacer decoraciones para la puerta. Efraín es especialmente bueno en esto. Hizo una corona para Ana Mari, y ahora ella quiere ponérsela en su Primera Comunión en mayo, y esto nos hizo reír pues ella no entiende que las hojas se secarán y serán demasiado frágiles para cualquier cosa, excepto para colgarlas en la puerta y bendecir una habitación. Efraín dice que aprendió a hacer estos trenzados tan elegantes con un monje que hacía todo tipo de trenzados y los vendía frente a la catedral. No estoy segura de que diga la verdad. Él exagera sólo para ver cuán crédulos somos.

Lunes, 1 de abril

Efraín es tremendo bromista. Él e Ileana llegaron hoy del trabajo a toda prisa e insistieron en que pusiéramos la radio inmediatamente. Efraín aseguraba que había oído en un boletín de noticias que Estados Unidos invadía Cuba. Como te podrás imaginar, eso emocionó mucho a papi y a tío Pablo. No sólo encendieron la radio, sino también la televisión. Hasta llamaron a sus amigos y parientes. Nadie había oído nada, pero todos prendieron la radio al tanto de las noticias. Abuela María empezó a aplaudir, pero mami se echó a llorar, pensando que Pepito tendría que combatir contra los marines *americanos*. Toda esta discusión y el desespero por las noticias duraron más de una hora, hasta que Efraín gritó: "¡Inocentes!". Todo había sido una broma. Nosotros ni sabíamos que el primero de abril era el Día de los Tontos. En Cuba, este tipo de bromas se hacen el 28 de diciembre.

A mí me pareció muy ingenioso, pero a ninguno de los adultos le gustó la gracia. Papi dijo que hay cosas con las que no se juega nunca y la libertad de Cuba es una de ellas. Después de eso, Efraín se sintió fatal y dejó caer la cabeza, como si se le hubiera muerto su mejor amigo. Yo traté de consolarlo, pero no sirvió de nada.

Al rato, llamé a Jane y le hice una de estas bromas. Inventé que me había encontrado con Juan Carlos cuando abuelo y yo salimos a caminar. Dije que él me había invitado al cine, lo que por supuesto, es la mentira más grande y gorda en todo el mundo. Él ni siquiera sabe que Jane o yo existimos, y además, a mí nunca me dejarían ir a ninguna parte sola, mucho menos con un chico. Le hice creer miles de detalles hasta que ya no pude inventar más nada y entonces le canté: "¡Inocente!".

Miércoles, 3 de abril

Ya terminé el libro que Efraín tomó prestado de la biblioteca y tengo pensado leerme otros dos más durante las vacaciones de Pascuas. Esto hace que el tiempo pase más rápidamente.

Además, abuela María me está enseñando a cocinar. Esta tarde la vi preparar un picadillo y la ayudé a picar las cebollas y los ajíes. Esto de usar el cuchillo no es tan simple como parece y por eso yo hago las cosas despacito, por temor a cortarme un dedo.

Para ser honesta, no me gusta tanto eso de mezclar ingredientes, sino estar aquí en el ajetreo, al calor de la cocina y con los olores de la sazón que me hacen la boca agua. También me gusta escuchar a abuela mientras tararea, algo que hace continuamente, sin importar si está troceando, revolviendo o rebanando ingredientes.

Domingo, 7 de abril

Tenías que haber visto la iglesia de *Saint Michael* hoy. La misa se celebró con gente de pie, a lo largo de los pasillos y en la parte de atrás. Todos vestían muy bien. Todas las muchachas llevaban zapatos blancos de piel y carteras a juego, sombreritos de paja y guantes blancos. Fue tal el "desfile de modas", que me sentí como si fuera una campesina vulgar. Tía Carmen dijo que el año próximo, cuando tengamos un poquito más de dinero, nos llevará a comprar vestidos y sombreros de Pascua. Pero papi le dijo que el año próximo estaríamos comulgando en Cuba.

Martes, 9 de abril

Vivimos una época sombría. Así dice abuelo Tony, y todos están de acuerdo. Primero está la guerra en

Vietnam. Hace más o menos una semana, el presidente Johnson anunció por televisión que cesarían los bombardeos en Vietnam del Norte, una decisión que mi padre considera terriblemente errónea. ("Derrumbarse así como así ante los comunistas", gruñó papi, negando con la cabeza. De hecho, si dependiera de él, preferiría que los *americanos* cambiaran la atención de Vietnam a Cuba). Pero mientras se habla de paz, las batallas continúan y también continúan las marchas de los jóvenes que piensan que los *americanos* no deberían estar allá. Ileana quería ir con un grupo de estudiantes a una protesta por la paz en Bayfront Park el próximo fin de semana, pero mis padres no quisieron ni oír esto.

No sé qué pensar de esta guerra tan lejana. Para mí, la guerra, cualquier guerra, es algo malo. No deberíamos matar gente. Deberíamos sentarnos a hablar de nuestros problemas y buscar soluciones. Mami está de acuerdo, al igual que Ileana. Mi hermana dijo: "Si todos esos hombres que envían a los jóvenes a la guerra tuvieran que combatir ellos mismos, estoy segura de que verías muchos más tratados de paz". Pero papi dice que sólo la fuerza es capaz de cambiar a la gente. Cuando él dice esto, me hace cambiar de opinión, pues recuerdo lo que está pasando en mi país. Tienes que recuperar lo que es tuyo, arrebatárselo a quien te lo quitó, porque nadie te lo va a devolver así porque sí.

Hoy también vimos en la escuela el servicio religioso que le hicieron a Martin Luther King, el líder negro asesinado el jueves de la semana pasada. Es tan triste. La señorita Reed lloró durante los funerales del señor King. Su familia es de Chicago y allá, y en otras ciudades, ha habido motines a causa del asesinato. Asusta ver los fuegos arder en los vecindarios y el llanto de las madres y los jóvenes que desfilan con los puños levantados. Debido a toda esta conmoción, mami teme por papi, pues ha habido algunos problemas entre los residentes del vecindario cercano al hospital Jackson Memorial. A mi padre le gusta bromear con ella y le dice que si él muere en este país, tenemos que asegurarnos de que sus cenizas sean enviadas de regreso a Cuba. A mami esto no le parece nada gracioso.

Los fines de semana en que no trabaja horas extras, papi sigue entrenando con sus amigos. Mami le ha advertido que si lo acusan de algún delito, ella no lo irá a visitar a la cárcel o a los tribunales. ¡Ni siquiera yo me creo eso!

Honestamente, mi padre es demasiado viejo para pelear en una guerra. Tiene cuarenta y cinco años y se le está cayendo el pelo. Ileana se burla ahora de su nuevo peinado, tratando de cubrirse el claro que tiene en la coronilla.

Miércoles, 10 de abril

Finalmente reuní suficiente coraje para pedirle permiso a papi para ir a la fiesta de Jane. Cuando le expliqué de qué se trataba pude notar que mami ya había hablado con él. Fingió poner una cara seria, pero entonces dijo que ¡SÍ!

Me parece, ¡eso espero!, que hay buenas probabilidades de que vaya con Jane este verano.

Domingo, 14 de abril

La pasamos muy bien en la fiesta de Jane. Le regalé un diario por su cumpleaños. Es un poquito más grande que éste y la cubierta está hecha de tela con un tejido anaranjado y amarillo brillante.

La noche de la fiesta, comimos pizza y helado y Jane

me pintó las uñas de un rojo encendido. Sophie, otra chica de la escuela, me cortó el cerquillo. Casi no dormimos durante toda la noche. Me gusta esta costumbre norteamericana.

De regreso a casa, mami chilló al ver mi cerquillo, está un *poquito* disparejo y me obligó a quitarme la pintura de uñas. Dice que no tengo edad para eso. Bueno, fue divertido mientras duró.

Miércoles, 17 de abril

¿Recuerdas que durante la cena papi siempre nos cuenta anécdotas sobre Cuba, porque teme que olvidemos nuestra patria? Bueno, ahora se le ocurrió un juego. Nos hace preguntas sobre la geografía, la historia y los hitos de nuestra historia, y la persona que responda correctamente recibe un premio al final de la comida. Ayer fue un pastelito de guayaba. Hoy fue un merengue completo.

Por supuesto, Ileana ha ganado las dos veces y es algo que considero injusto. Ella es mayor y ha estudiado más. Además, luego no quiere compartir los dulces pues dice que se merece cada pedacito. Esta noche Ana Mari se puso a llorar porque no acertó ninguna pregunta. Mami le dijo a papi que tiene que ser más realista con respecto a nuestro conocimiento, especialmente el de Ana Mari, que sólo tuvo un año de escuela en Cuba.

Debo admitir que aun cuando pierdo, paso un buen rato. Me gusta ver cómo papi se emociona cuando participamos en el juego. Los ojos le brillan y se pone a enroscarse la punta del bigote. Algunas veces hasta pega un brinco, haciendo que mami diga: "Por favor, José Calixto, que estamos en la mesa". Pero se nota que ella no lo dice en serio. Es casi como en los viejos tiempos.

Viernes, 19 de abril

Hoy recibimos una carta de Pepito. Dice que en algún momento en mayo o junio se pasará un fin de semana con mis abuelos en La Habana. Esto sí que le levantó el ánimo a mami, pues espera que podamos hablar con él por teléfono: la primera vez en casi un año.

Pepito también nos cuenta que ha crecido dos pulgadas desde la última vez que lo vimos y que espera enviarnos una foto pronto. Será muy interesante ver cómo ha cambiado. Pregunta por nosotras, las niñas, y dice que piensa estudiar ingeniería en la Universidad de La Habana. Esto nos sorprendió a todos, pues él siempre hablaba de que quería ser piloto.

Domingo, 21 de abril

En La Habana hay una calle que se extiende a lo largo de toda la ciudad junto al muro rompeolas. Se llama el Malecón y, a veces, cuando te sientas sobre el muro, el agua del mar te salpica. Es la mejor sensación del mundo. Muchas parejas van sólo para ver cómo el mar azul se extiende hasta donde alcanza la vista. Es un sitio muy romántico, sobre todo por las noches, y sé que el padre de Alina le propuso matrimonio a su mamá ahí, bajo la luna llena. Nosotros solíamos ir cada sábado en el invierno y papi se ponía a inventar historias acerca de los botes y barcos que veíamos en el horizonte.

Miami no tiene Malecón, dijo tío Pablo, así que en su lugar fuimos al Parque de las Palomas. Así le dicen los cubanos, por la cantidad de palomas, pero su nombre verdadero es Bayfront Park. Trajimos pan viejo en un cartucho y parece que las palomas lo sabían porque volaron rápidamente hacia nosotros. Es increíble lo mansas que son: se nos posaban en las manos. Había una paloma que parecía estar enferma. Estaba toda hinchada y de sus ojos salía una costra asquerosa. Las demás palomas eran muy crueles con ella y batían las alas delante de la enferma y le robaban las migajas. Efraín dijo que así son los animales. Los más fuertes se quedan con la mejor comida, las mejores parejas, los mejores refugios. El grupo no puede detenerse por un miembro débil o enfermo. Bueno, a mí eso me pareció pura crueldad, así que hice todo lo posible por alimentar a la paloma enferma. A diferencia de las otras, tenía miedo de acercarse a mí, por lo que tuve que tirarle las migajas y espantar a las más fuertes.

Después de dar de comer a las palomas, caminamos alrededor de los jardines del parque y miramos al otro lado de la bahía de Biscayne a través de unos telescopios a los que había que echarles monedas.

Vimos un yate muy grande y lujoso con varias mujeres, que llevaban unos trajes de baño diminutos, sentadas en la borda. Efraín les silbó, pero abuela María respiró profundo mientras negaba con la cabeza. Dijo que era una inmoralidad que las mujeres fueran a la playa casi desnudas. Después nos miró a nosotras y nos apuntó con el dedo, en señal de advertencia. Abuela no tiene de qué preocuparse. ¿Te imaginas a papi dejándonos salir de la casa sólo con ajustadores y blúmers? ¡Ni loco!

Miércoles, 24 de abril

Alina lleva tres días sin venir a la escuela. La llamé varias veces esta tarde, pero nadie respondió. Estoy preocupada.

Viernes, 26 de abril

Nada de Alina todavía. Le pregunté a nuestra profesora guía el por qué de que Alina no hubiera venido, pero dijo que en la dirección no habían recibido llamadas que justificaran sus ausencias. Jane dice que a lo mejor se mudó, pero eso no puede ser cierto. Ella nos lo habría dicho.

Sábado, 27 de abril

Le pedí a mami que me llevara hasta el edificio de Alina. Tocamos a la puerta de su apartamento varias veces, pero nadie respondió. Además, todas las luces estaban apagadas. Esto no me gusta ni un poquito.

Hoy gané por primera vez el juego de preguntas sobre Cuba. La pregunta que nadie supo responder o, al menos, la que yo fui más rápida en contestar, era: ¿Dónde y cuándo murió José Martí, el héroe de la independencia? (En Dos Ríos, en mayo de 1895). Papi me llevó a un Dairy Queen y pedí un helado de vainilla cubierto de chocolate. ¡Bravo por mí!

Lunes, 29 de abril

Alina hoy fue a la escuela. Se veía fatal, como si la hubieran dejado mucho tiempo en una de esas secadoras grandes que hay en las lavanderías. Dice que su mamá está en el hospital, como consecuencia de una crisis nerviosa. Le pregunté si quería decir que estaba en el manicomio, pero se echó a llorar. Me sentí muy mal por haber dicho eso. Ella se tranquilizó luego de ir al baño y lavarse la cara, sin embargo, todo el tiempo de la tarea la pude escuchar dando suspiros. Más tarde, en el almuerzo, no quería hablar del asunto. Yo ni siquiera sé si ella y su hermano siguen viviendo con sus abuelos. ¿Qué les pasará? ¿Los enviarán de regreso a Cuba? ¿Su padre vendrá a cuidar de ellos?

Le conté a mami de Alina y me dijo que lo mejor que

puedo hacer es prestarle mis oídos para que se desahogue y mi hombro para que llore. Entonces a lo mejor me dirá cómo podemos ayudarla. ¡Pobre Alina! Que venga a pasarle esto ahora que se estaba adaptando a todos los cambios en este nuevo país. Esta noche rezaré una oración por ella.

Martes, 30 de abril

Hoy Alina se veía un poquito mejor. Dijo que sus abuelos eran muy viejitos, pero que la sabían cuidar muy bien. Su abuelo trabaja como tabaquero en una tiendecita de la Calle Ocho del *Southwest*. Su abuela cuida a dos niños, cuando termina la escuela, pero no tienen suficiente dinero para pagar las cuentas. Alina quiere conseguirse un trabajo, para contribuir un poco. Ella sabe de una pequeña cafetería que está cerca de la escuela y es propiedad de un amigo de su abuelo. El dueño está dispuesto a pagarle para que lave los platos, limpie los mostradores y ayude a su esposa con lo que haga falta. A mí me parece que Alina es muy joven. Sé que papi nunca me autorizaría a trabajar y Jane dice que el gobierno de este país no permite trabajadores que tengan nuestra edad. Considerarían eso como explotación infantil.

A pesar de todo lo que discutimos, Alina no cedió terreno. Parece dispuesta a toda costa a trabajar en esa cafetería e insiste en que no tiene otra opción. Su madre está enferma, sus abuelos son muy viejos y su hermano es demasiado pequeño. Ella es la única lo suficientemente fuerte para ayudar en algo a su familia. Además, dice que este trabajo será cosa fácil si se compara con el trabajo en los campos en Cuba. En la cafetería hay hasta aire acondicionado.

Miércoles, 1 de mayo

Hoy traje a casa otro examen de matemáticas con la nota perfecta, así que decidí que debería preguntarles a mis padres, esta vez más enérgicamente, acerca del viaje en carro con Jane y sus abuelos. Pero no había terminado de hablar, cuando papi dijo: "Ya te contesté. ¡No! ¡De ninguna manera!".

Jueves, 2 de mayo

Papi tuvo un accidente en el carro. Ahora estamos en la sala de espera de su hospital, el *Jackson Memorial*, con la esperanza de recibir noticias. Buenas noticias, querida Virgencita de la Caridad, buenas noticias. Mami y abuela están con él en la sala de emergencias. Hace unos minutos, tío Pablo vino a decirnos que a papi le van a tomar rayos X. Él está bien, insistió tío Pablo, pero con dolores por todas partes. Después de los rayos X, le harán otras pruebas. No sé si esas pruebas indican algo bueno o malo, pero por lo menos quieren decir que el accidente no fue más que un guardafangos abollado. Debe de ser algo serio.

Me duele muchísimo la cabeza de tanto aguantar las lágrimas.

Más tarde

Ahora ya estamos en casa, pero sin noticias de papi. Mami nos envió de vuelta pues se estaba haciendo demasiado tarde. No me puedo dormir, de ninguna manera. Sigo escuchando ruiditos en la ventana, y hace mucho calor, incluso con el ventilador a todo lo que da. Me gustaría que tuviéramos aire acondicionado en nuestros cuartos, como Jane.

Ileana me está gritando que apague las luces. Yo pensaba que ella creía en el amor y la paz y todo eso. ¡Qué hipócrita!

En mitad de la noche

Todavía no puedo dormir. Estoy muy preocupada por papi. Virgencita del Cobre, por favor, cuida a mi papito. Él es un hombre bueno, y cuida mucho de nosotras, y siempre trata de hacer lo correcto. Él te necesita, Virgencita.

Si tan sólo sonara el teléfono con noticias. Cualquier noticia. El silencio es lo que me pone más nerviosa. No es silencio en verdad, si prestas atención, pues la casa rechina y cruje y el refrigerador zumba. Pero si te olvidas de esos sonidos, hay una quietud que vibra. Sólo se escucha el trazo de mi lapicero.

Viernes, 3 de mayo

Son casi las 8 a.m. y debo apurarme para salir hacia la parada del autobús. Papi tiene una fractura en el brazo izquierdo y arañazos por toda la cara causados por el parabrisas roto. Debe quedarse en el hospital hasta mañana, pues los médicos están vigilando un chichón que tiene en la cabeza. Debe de ser un chichón muy grande para que ellos le presten tanta atención.

Mami ya salió para el hospital con tío Pablo, pero nos despertó temprano para decirnos que no nos preocupáramos por papi. No pude evitarlo y me eché a llorar cuando nos dio la noticia. Mami inmediatamente vino hacia mí y me abrazó.

Más tarde, abuela María nos contó cómo ocurrió el accidente. El otro carro no se detuvo ante la señal de STOP y le pegó al carro de papi por el lado del asiento del chofer, mientras cruzaba una intersección. El otro chofer sólo tiene diecinueve años e iba conduciendo muy rápido y salió muy mal herido.

Domingo, 5 de mayo

Esperábamos que papi regresara del hospital, pero ahora tiene una infección. No estoy segura de lo que es, pero los médicos le tienen que dar antibióticos. Si no está en casa el martes, mami prometió que nos iba a colar en su habitación.

Martes, 7 de mayo

¡Papi está en casa! Se ve como si hubiera salido de un campeonato de boxeo. Tiene un moretón en cada ojo y la nariz roja y torcida. Dice que su cara se estrelló tan fuertemente contra el timón que aún no puede creer que no haya perdido ni un sólo diente. Tiene el brazo izquierdo enyesado y el calor hace que el yeso le dé picazón. Nos dejó que todos escribiéramos nuestros nombres en la escayola. Yo escribí "te quiero mucho" y dibujé un corazón grande.

El jefe de Ileana le envió a papi una canasta de frutas, con una tarjeta que decía: "Mejórese pronto, Sr. y Sra. F". A nosotros nos pareció cómico que el señor F. no firmara con su nombre completo, pero a papi le halagó mucho que alguien que él no conoce fuera tan considerado. Ileana tiene que ser muy buena trabajadora para que los jefes le envíen un regalo deseándole a su padre que se mejore.

Aunque el accidente fue terrible, algo bueno se ha derivado de eso: papi y mami se están llevando mejor y mami lo convenció de que no regrese a los entrenamientos militares los fines de semana. No sé cuánto durará, pero por ahora eso la hace feliz.

Ya que todos estaban de tan buen humor, volví a sacar el tema del viaje en carro. Como era de esperar, inmediatamente mis padres dijeron que no. Pero, y éste es un buen *pero*, un *pero* favorable, me escucharon mientras les explicaba mis razones para que me dejaran ir.

Miércoles, 8 de mayo

A Alina le encanta su trabajo. Dice que se siente muy madura y que también está aprendiendo a cocinar. Está autorizada a comer todo lo que quiere, siempre y cuando los clientes no la vean. Va cada día después de la escuela y se queda hasta pasada la cena, cuando la cafetería cierra. Trabajó el sábado pasado en la mañana, y espera volver a hacerlo este fin de semana. No sé cuándo tendrá tiempo para hacer las tareas. Tenemos que entregar un trabajo sobre la Guerra de Independencia de Estados Unidos a más tardar el viernes y ella todavía no lo ha empezado. Le pregunté si su mamá se estaba mejorando y se encogió de hombros. Me dio pena seguir haciendo preguntas.

Esta tarde, cuando estábamos en medio de nuestra caminata, le conté a abuelo sobre Alina. Dice que muchos niños de su edad tienen que trabajar para ayudar a sus padres a pagar las cuentas. Esto no sucede muy a menudo en Estados Unidos, pero sí en otros países. "Nosotros deberíamos estar agradecidos de vivir aquí —dijo—, y nunca hacer algo tonto que avergüence a nuestra comunidad". Le pregunté si echaba de menos a Cuba y él sonrió y asintió. Entonces las lágrimas empezaron a rodar por sus mejillas. Una se quedó colgando de su quijada casi una eternidad, hasta que por fin se la secó con el dedo.

"Mis corazoncitos", nos dijo: "creo que me voy a morir sin volver a ver a mi patria".

Ésa es la afirmación más triste que he oído en mi vida y hubiera querido tratar de convencer a mi abuelo de lo contrario. Pero no dije nada. Sencillamente me quedé parada frente a él, inmóvil, con la vista fija en sus lágrimas y luego en Ana Mari. Ella tampoco sabía qué decir.

Sábado, 11 de mayo

Hoy Ana Mari se probó por última vez su vestido de Primera Comunión. Parece un ángel de blanco, con su saya de volantes y sus mangas filipinas. Mi madre también le ha hecho un hermoso velo. Abuela María le compró unos guantes blancos y tía Carmen le dio el más bello de los rosarios. Las cuentas están hechas de vidrio y cuando las miras a contraluz puedes ver reflejados todo tipo de arco iris.

Domingo, 12 de mayo

Por el Día de las Madres, cada una de nosotras llevaba un clavel rojo en el vestido, en honor a nuestra madre. Ésa es una vieja costumbre cubana. Si tu mamá está muerta, como es el caso de abuela María y tía Carmen, entonces te pones un clavel blanco. Los claveles rojos son para las madres que están vivas. Le dimos a mami un perfume que escogió papi. Es un perfume muy caro que ella solía usar en Cuba, así que el frasco no es más grande que mi pulgar. El perfume se llama Chanel y era muy popular en nuestro país. Sin embargo, cuando se untó un poquito, se echó a llorar. Pensé que se había puesto brava porque nos hubiéramos gastado tanto dinero en el regalo, pero más tarde me enteré de que ésa no era la razón de su llanto. Estaba triste porque Pepito no había podido estar hoy con nosotros para celebrar ese día.

"No estaremos completos mientras vivamos separados", dijo entre sollozos.

Hay algo que he notado con respecto a mi familia. O a lo mejor no es sólo mi familia, sino todas las familias que viven en el exilio. Parece que nunca pudiéramos ser felices del todo. Incluso cuando sucede algo bueno, algo de lo que nos podamos reír o que podamos celebrar, siempre queda una tristeza enterrada bajo nuestra piel, una tristeza que nos fluye por las venas, pues no vivimos donde queremos vivir y porque estamos separados de nuestros seres queridos.

Jueves, 16 de mayo

Los profesores nos pusieron tantas tareas esta semana, que no tuve un minuto libre para mí... o para ti. Pero no puedo acostarme sin antes escribir las buenas nuevas: mis padres han prometido hablar con los abuelos de Jane con respecto al viaje. Dejaron bien claro que eso no significa que me dejarán ir, pero aun así es una buena señal. Sin embargo, no quiero esperanzarme mucho. Sé que el simple hecho de que ellos estén considerando la posibilidad es una gran victoria para mí. También he hablado con mis abuelos y con tía Carmen con respecto al viaje, diciéndoles lo mucho que aprenderé al visitar lugares históricos como Cabo Cañaveral y San Agustín.

Tener al resto de mi familia de parte mía sólo puede ayudarme.

Más buenas noticias: la mamá de Alina está en casa y Alina está muy feliz. Sin embargo, se ha negado a dejar de trabajar pues dice que a su familia le hace falta el dinero. También me enteré de que ella le mintió a la pareja dueña del restaurante. Les dijo que tenía dieciséis años y sólo tiene catorce.

Sábado, 18 de mayo

La misa de la Primera Comunión de Ana Mari fue muy bella, y ella sabía exactamente cuándo inclinar la cabeza y cuándo hacer la genuflexión y cuándo sacar la lengua para recibir la hostia. "Es increíble", dijo mami, pues nadie tuvo tiempo de ensayar con ella o de asegurarse de que sabía lo que estaba haciendo. Además, se sabe sus oraciones en los dos idiomas. Yo sólo puedo recitarlas en español. (A pesar de que originalmente había dicho que lo haría, no se puso la corona de guano bendito del Domingo de Ramos. Gracias al cielo. Sí se puso los bellos guantes blancos y llevaba en sus manos el rosario de cuentas de cristal).

Papi tomó muchas fotografías con la cámara de

abuelo, incluso una de toda la familia alrededor de una mesa llena de bocaditos, pastelitos de guayaba y de carne y un *cake* de dos pisos hecho por tía Carmen. Papi quiere sacar varias copias de las fotos y enviarlas a Cuba para que nuestros parientes vean la cantidad de comida que hay en este país. Me parece que eso sólo los haría sentirse mal con respecto a su situación, pero creo que papi lo hace para alardear de nuestra buena suerte. Esperemos que los moretones del accidente de papi no salgan. Ahora se están volviendo amarillos y él se ve como si tuviera una enfermedad terrible y contagiosa.

Domingo, 19 de mayo

Justo cuando pensaba que la vida era color de rosa, papi decidió escaparse de casa para ir a una comida con sus amigos de su grupo militar. ¡Mami estaba tan furiosa! Se pasó la tarde irritada dando vueltas por toda la casa. Por supuesto, a mí no me sorprendió. Creo que a papi le preocupa demasiado regresar a Cuba como para olvidarse del asunto. Siempre va a hacer lo que sea posible para cambiar el gobierno comunista y para él eso significa reconquistar nuestra isla mediante las armas.

Lunes, 20 de mayo

¡Feliz cumpleaños para mí! Éste es el primer año en que celebramos el Día de la Independencia de Cuba en otro país. Papi dijo que todos debíamos ayunar, pues nuestra isla no es libre. "Necesitamos una nueva proclamación de independencia", nos dijo durante la cena.

Ileana ya parece estar proclamándola a su manera. Cada vez que da una opinión sobre algo, papi dice que ella está librando su propia guerra de independencia. Antes me preguntaba si eso era cierto, pero en los últimos días me he dado cuenta de que a lo mejor él tiene razón. Ileana, de hecho todos los niños, somos colonias, sometidas a un poder mucho más grande y fuerte. Se nos imponen reglas y tenemos muy poco control de nuestros propios asuntos. ¿Por qué no podemos tener nuestras propias opiniones con respecto a la guerra en Vietnam? ¿Por qué mami decide lo que me debo poner? ¿Por qué tenemos que hacer todo lo que nos diga un adulto?

Le dije todo esto a mami, que asintió como si comprendiera, pero en realidad no comprendió. En su lugar, cambió el tema y me preguntó si me había gustado el *cake*. Me horneó un *cake* por mi cumpleaños y lo rellenó de pasta de guayaba. Estaba tan delicioso que me comí tres, ¡sí, tres!, pedazos. Ileana se negó a probarlo, pues está a dieta. "¿Quieres verte como una *americana*, como si fueras un esqueleto rumbero?", le preguntó abuela María. (Abuela María piensa que las mujeres norteamericanas son demasiado flacas). Les voy a llevar un pedazo a la escuela a Jane y a Alina. Ya que no me celebraron una fiesta, la señora Henderson ha prometido llevarnos al cine por mi cumpleaños. Cuando papi dio su aprobación para esta salida e incluso dijo que le parecía divertido, me sorprendí mucho. A lo mejor esto quiere decir que también dirá que sí al viaje en carro. (Ileana, con su sarcasmo habitual, dijo que a lo mejor el accidente le había arreglado las entendederas).

Aunque todavía falta un año, mami ya está hablando de mi fiesta de quince. Mi presentación en sociedad no va a ser de bombo y platillo, pero tía Carmen dice que una de las clientas de la lavandería donde ella trabaja es la encargada de una tienda de ropas y que a lo mejor le será posible encontrar alguna tela en descuento para mi vestido. Mami también ha empezado a buscar en el área de gangas de su fábrica de zapatos.

Papi menea la cabeza al calor de nuestros debates. Dice que estaremos de regreso para mi próximo cumpleaños, pero abuela apunta con el dedo y le dice que el hombre propone y Dios dispone.

Más cosas buenas sucedieron hoy. En la escuela, la señorita Reed me llamó al frente del aula para que leyera en voz alta una composición que nos asignó la semana pasada en la que teníamos que escribir sobre lo más importante que nos había ocurrido en este curso escolar. Yo escribí sobre cómo aprendí inglés, así que no esperaba encontrar una A grande en la esquina de la primera página, pues todos los demás habían escrito sobre asuntos más significativos. Pero la señorita Reed le dijo a la clase que mi composición era "un buen ejemplo del uso correcto de la gramática, el desarrollo coherente de las ideas, y en suma, un texto muy bien escrito". Aunque me felicitó, las rodillas me temblaban mientras leía. Mi pronunciación es todavía penosa. Después de las clases, Juan Carlos, el muchacho nuevo y muy apuesto que vino de Nueva Jersey, me preguntó si ya había visto *The Dirty Dozen,* una película acerca de un grupo de criminales que se convierten en héroes en una guerra. Por supuesto que no la había visto, pero me emocionó tanto que me hubiera hablado que llegué a la clase de estudios sociales después de que sonara el timbre.

Miércoles, 22 de mayo

Bueno, ¿quién crees que vino esta tarde? Tommy. El Tommy de Ileana. ¿Lo recuerdas? ¡E Ileana estaba en el trabajo! Cuando se fue, abuela María se puso a darme la lata para que le dijera quién era ese *americano* y qué quería con Ileana. Yo no abrí la boca, haciendo como que no sabía nada. A pesar de eso, mi silencio no sirvió de mucho. Abuela María, de todos modos, le fue con el chisme a mami.

Jueves, 23 de mayo

Ileana dice que Tommy quiere que ella lo ayude a dibujar pancartas para una marcha de protesta. Ella no esta segura de qué debe hacer. A ratos quiere ayudarlo porque le gusta Tommy y la pasa bien con él. Pero al momento decide que no tiene tiempo para eso y se siente herida porque Tommy la está usando. Él sólo la visita cuando le hace falta que Ileana haga algo, pero no se molesta en ser atento con ella en otras ocasiones.

"Si él de verdad me quisiera —dice mi hermana—, no le importaría que tenga que ir a las fiestas con chaperona. El amor verdadero debe estar dispuesto a vencer obstáculos". Suena igualita a mami.

Efraín le anunció a la familia que ha solicitado la entrada en los *marines*. Tía Carmen por poco se desmaya cuando se enteró y tío Pablo se quedó de una pieza: inmóvil, boquiabierto. Sólo papi se le acercó y le estrechó la mano. Efraín se irá en unos días a otro estado para comenzar su entrenamiento. No lo voy a creer hasta que se haya ido. Me parece que éste es otro de sus chistes.

Sábado, 25 de marzo

Esta mañana vinieron los abuelos de Jane para hablar con papi. No sé lo que le estaban diciendo, pero papi fue muy educado y su inglés era sorprendentemente bueno. Más tarde lo escuché decirle a mami que el viaje duraría diez días. Visitaríamos Cayo Hueso y San Agustín (la ciudad más antigua del país), así como Cabo Cañaveral y Tallahasee, la capital del estado. Pasaríamos algún tiempo en un par de playas de la costa oeste del estado. Todo suena tan fabuloso. ¿Sería muy egoísta que rece una oración pidiendo por mí misma?

Lunes, 27 de mayo

Los *americanos* celebran el *Memorial Day* en honor a todos los que combatieron y murieron en la guerra. Es un día feriado en el que todo el mundo iza banderas de Estados Unidos. Nosotros no tenemos una, pero tío Pablo sí, y la puso en un asta al lado de su casa. También puso una bandera cubana más pequeña a su lado. Me pregunto si se siente comprometido con las dos o sólo con una. ¿Uno deja de querer a su patria si vive en otro lugar e iza la bandera de ese país? ¿Debe uno dejar a un lado sus recuerdos para adaptarse a las exigencias de otra vida?

Cuando empecé en la escuela, la señorita Reed me hizo memorizar el Juramento a la Bandera. ¿Lo recuerdas? Tenía que recitárselo para finales de esa semana. Aunque lo pude hacer, no tenía idea de lo que querían decir esas palabras ni lo que toda esta cosa del juramento significa. Era como recitar en jerigonza. Pero ahora sé lo que esas palabras expresan. Cuando me pongo la mano en el corazón y cuando declaro mi lealtad a esos colores y la república que representan, no puedo evitar preguntarme si eso significa que me he olvidado de mi propio país, de mi propia bandera, de esa primera alianza de mi nacimiento. Esto es muy confuso y no puedo explicar la división que a veces siento en mi corazón.

Miércoles, 29 de mayo

Efraín se ha ido para entrenar con los *marines*. ¡Y lo mucho que ya lo estamos extrañando! No exagero al decir que parece que el sol no brilla tanto y la casa está mucho más callada sin él. Todos caminan de un lado a otro como si estuvieran dormidos. Abuelo Tony se queja de que le duele el corazón y tía Carmen parece veinte años más vieja.

Es probable que a Efraín lo envíen a Vietnam. Eso es lo que dice Ileana. ¿Querrá decir eso que lo van a matar por allá? Ahora rezaré por ambos, Pepito y Efraín. Rezaré en las mañanas, cosa que nunca hago, y antes de acostarme, el doble de lo que rezaba hasta ahora.

Viernes, 31 de mayo

Cada noche de esta semana, mucho después de que Ana Mari se quedara dormida, pude escuchar a Ileana sollozando. Al principio sonaba como una brisa rara que llegaba de la ventana. Luego pensé que podía ser hipo. Cuando le pregunté por qué lloraba me dijo que temía que algo malo fuera a sucederle a Efraín o a Pepito porque estaba teniendo pesadillas en las que había bombas y armas y niños asesinados. Habría deseado que no me lo dijera, porque yo tampoco quiero pensar en eso. Yo también me preocupo mucho por mi hermano y mi primo.

Miami no será la misma sin Efraín. Siento como si estuviera sola tratando de descifrar esta ciudad, su gente y las cosas que me ocurren.

Sábado, 1 de junio

Hoy nos visitó la señora Henderson. Habló con papi largo rato, explicándole por qué este viaje sería bueno para mí. Él no le dijo ni que sí ni que no, pero su visita, de seguro, ayudó mucho.

Abuelo Tony también habló con papi y fue muy, muy convincente. Le explicó que algunas veces tenemos que ceder el control para ganar otras cosas más valiosas. También les aseguró a mis padres que no debían preocuparse por el dinero, pues él, "como buen abuelo", había guardado "una pequeña suma para una ocasión como ésta". "Tienes que dejar a tus hijos que vuelen", abuelo le dijo a papi. Creo que papi está a punto de darse por vencido. De sólo pensar en eso estoy tan emocionada que no puedo ni dormir.

Lunes, 3 de junio

Estamos esperando una llamada de Cuba. Mami dijo que había soñado que Pepito llamaba durante la cena, en el momento en que nos sentábamos a comer el tasajo. (Es una de sus comidas favoritas). Mami piensa que ese sueño es una predicción o algo por el estilo, así que nadie puede usar el teléfono ya entrada la tarde o en la noche. Por si Pepito llama.

Por el bien de mi madre, de veras espero que los sueños se cumplan.

Jueves, 6 de junio

Todo el país está triste. Ayer, Robert F. Kennedy, un hombre que aspiraba a la presidencia, fue acribillado a balazos por un criminal, en un hotel, a la vista de todos. Murió hoy. Era hermano de un presidente que también fue asesinado, pero eso sucedió antes de que viniéramos de Cuba. Hoy abuelo volvió a decir: "Vivimos una época sombría". Es muy deprimente. En la televisión mostraron a la esposa del señor Kennedy llorando. Tienen muchos hijos y ellos también lloraban. Ahora se han quedado huérfanos.

No entiendo este asesinato. Tampoco entiendo las guerras. Ninguna guerra. Supongo que los adultos pensarán que tienen buenas razones para pelear entre sí, pero si las tienen, desearía que dejaran a mi hermano y a mi primo fuera del potaje. Jane me dijo que tiene un primo segundo que se negó a ir a la guerra en Vietnam, así que ahora vive en Canadá. Hacer eso va contra la ley, así que ya nunca podrá regresar a ver a su familia. En cierto sentido, esa situación es como la de mi familia, pero al revés. Pepito está en el ejército cubano. Él no quería, pero el gobierno lo obligó de todos modos. Y por eso nosotros no sabemos cuándo volveremos a verlo.

Viernes, 7 de junio

Hace tanto calor que abuelo decidió que debemos hacer nuestras caminatas después de la cena, cuando casi ha caído la noche. Sin embargo, cada día de esta semana, la lluvia nos ha cambiado los planes. "Así es el verano en el trópico —dice abuelo—. Lluvia, lluvia y más lluvia". Hoy, por fin pudimos salir a caminar y en el camino vimos muchas plantas y flores hermosas, al igual que libélulas y mariposas, saltamontes, caracoles, babosas e insectos pequeñísimos. Desgraciadamente, también nos encontramos muchos mosquitos. Nos pasamos todo el rato espantándolos.

Caminamos un poco más de lo que hacemos el resto de los días, pues abuelo se sentía más fuerte y porque el cielo nublado disipaba ese calor insoportable. También me alegró mucho que lo hubiéramos hecho. Vimos una casa a cinco cuadras de distancia con un jardín muy bien cuidado y una variedad tal de especies que abuelo dijo que el corazón se le había puesto a cantar. Había una campanilla bellísima y un laburno de la India y caléndulas, crosandas y pentas moradas en un cantero de flores que rodeaba la casa. A lo largo de una cerca, cerrada con cadenas, también florecían varios tipos de enredaderas, pero sólo puedo recordar uno de los nombres: la cascada de jade, pues tenía los colores aguamarinas más bellos. Pero eso no fue todo. En la esquina más lejana del patio, había un flamboyán florecido. (A este árbol también lo llamamos framboyán). Sus flores rojas-anaranjadas cubrían gran parte de las ramas. Nunca he visto colores tan bellos.

"Sólo Dios puede crear algo así", nos dijo abuelo.

A lo que Ana Mari respondió: "Si a Dios le parece bien, entonces yo quiero ser muy rica cuando crezca, para poder vivir en una casa muy grande con un jardín gigantesco. Y tú, abuelo, podrás venir a ayudarme a plantarlo. Pero no me gusta sudar, así que plantaremos en invierno o cuando el sol esté a punto de ponerse".

Esto hizo reír a abuelo.

Cuando regresábamos a casa, noté que abuelo estaba cansado. Le costó mucho trabajo recuperar el aliento. Yo seguí insistiendo en que descansara, pero él no quería. Dijo que su corazón todavía cantaba con la alegría de las flores y los colores, y eso no sucede muy a menudo.

"Cuando se es viejo —añadió—, uno aprovecha cada momento feliz".

Sábado, 8 de junio

Ileana se compró un tocadiscos con sus propios ahorros. Es pequeño y podemos ponerlo en la cómoda de nuestro cuarto, pero aun así costó mucho dinero. No quiso decir cuánto y mami se enfureció mucho al ver cómo había gastado su salario en algo que no nos hace falta. Pero, después de todo, el dinero es suyo. Ella lo ganó con su trabajo.

Ileana también compró algunos sencillos y los ha estado poniendo una y otra vez durante toda la tarde. Muy alto. Con *alto* quiero decir lo suficientemente alto como para que las ventanas vibren. Cada cinco minutos, mami toca a la puerta y le dice que baje el volumen. Ileana lo hace. Luego espera cinco minutos y vuelve a darle vuelta al botón. Le gusta poner todo el tiempo a un cantante que se llama Bob Dylan. Si prestas atención a las letras de sus canciones, te das cuenta de lo triste y lo furioso que está. A Ileana le gusta la canción *A Hard Rain's A-Gonna Fall*. A mí me parece que él tiene la voz medio gangosa, pero Ileana dice que yo no sé nada de música. ("*You don't know diddly-squat about music*", me dijo. ¿Qué será *diddly-squat*? Nunca había oído esa frase en inglés). Ella también escucha a los *Rolling Stones* y a *Jefferson Airplane*. A mí me gustan los *Monkees*. Sus canciones son alegres y románticas. Además, todos son tan lindos...

Mami ha desistido de la posible llamada desde Cuba. Dice que el sueño fue sólo eso: un sueño...

Domingo, 9 de junio

Papi dijo que sí. ¡Sí, sí, sí! ¡Voy a ir al viaje con Jane! Cayo Hueso, San Agustín, Cabo Cañaveral, Tallahasee, ¡allá voy! He empezado a contar las horas. Ya estoy pensando en lo que voy a empacar. Jane dice que nos quedaremos en moteles con piscina, así que no cabe duda de que empacaré mi trusa.

Estábamos pasando el día en Crandon Park, cuando papi anunció esta buena noticia. Yo me había pasado la mañana trapeando, recordando a Efraín y cómo nos había enseñado el zoológico y la pista de patinaje el verano pasado, pero la idea del viaje me levantó el ánimo. Hasta abuelo Tony estaba entusiasmado por mi viaje. "Vas a educarte mejor viajando que quedándote sentada en un aula". Dijo y me dio un abrazo fuerte.

Tengo que pellizcarme para estar segura de que no estoy soñando.

Martes, 11 de junio

Tengo un montón de tareas y una cantidad de exámenes que no los brinca un chivo, pero debo escribir acerca de las fotos que recibimos de Cuba, las que Pepito nos había prometido. La persona de las fotos difícilmente se parece a Pepito. Es casi el doble de alto que abuelo Tony y su cara es larga y termina en una quijada cuadrada. Tiene ojos serios, duros. También luce más flaco de lo que recuerdo, pero a lo mejor eso sólo se debe al uniforme. Me siento decepcionada. En lugar de alegrarme, las fotos me han dejado una sensación desgarradora en el pecho. Por supuesto, no les dije nada a mis padres. ¿Para qué empeorar una situación de por sí mala?

Por lo menos tengo la motivación del viaje. Jane me dio algunos folletos de Cabo Cañaveral y vimos unas imágenes de San Agustín en un libro en la biblioteca de la escuela.

Jueves, 13 de junio

¡Bravo, bravísimo por mí! En una ceremonia en la escuela obtuve el premio al Mejor Estudiante de Matemáticas de octavo grado. Me sorprendió tanto. Ni en un millón de años me hubiera esperado esto. Aunque mi nota más baja en cualquier examen o pregunta escrita fue 95, todavía pienso que no le caigo bien a la señora Boatwright, pues no me sonrió ni una vez y fue siempre muy estricta. La semana pasada la escuela envió a la casa una nota en la que se anunciaba la ceremonia, pero no me pareció que fuera importante y la boté. Si lo hubiera sabido, a lo mejor abuela o abuelo podrían haber venido para verme recibir este premio.

Tan pronto como mami llegó del trabajo, le enseñé el

certificado. Enseguida fuimos al mercado para comprar un marco y lo colgamos en una de las paredes del cuarto. Papi dice que heredé de él la destreza con los números. Mami dijo que eso estaba bien, siempre y cuando no heredara su testarudez. Los dos se rieron y se besaron y se me ocurrió que verlos actuar como un par de chiquillos era mejor que haber recibido este premio.

Viernes, 14 de junio

Alina tiene que asistir a la escuela de verano pues suspendió un par de asignaturas. (No me quiere decir cuáles). Creo que está trabajando demasiadas horas. Debería concentrarse en la escuela. La señorita Reed le dio algunos libros para que la ayudaran a mejorar su inglés. Uno se titula *Direct English Conversations for Foreign Students*, escrito por Robert J. Dixon. Muchas de las lecciones son para enseñar el vocabulario (de palabras que ya conozco), así que prometí ayudarla a mi regreso del viaje en carro.

Domingo, 16 de junio

Abuelo Tony murió. Se murió. Se nos fue. Mi abuelito.

Escribo esas palabras y todavía no puedo creerlo. Le

dio un infarto. Cuando llegó la ambulancia, los paramédicos no pudieron revivirlo. Tío Pablo tuvo que darle una medicina a abuela para tranquilizarla, pues estaba histérica. No quería dejar que los de la ambulancia se lo llevaran ni que se le acercaran. Ahora se ha pasado toda la tarde durmiendo.

Ay, mi abuelito. Mi querido abuelito de mi alma.

Más tarde

Basta ya de lágrimas. Me he secado de tanto llorar. Traté de ser fuerte por Ana Mari, pues esto la ha afectado mucho, pero me dio un dolor de cabeza enorme de tanto aguantar el llanto. Así que salí a caminar. Sin decírselo a ningún adulto, algo que está absolutamente prohibido. Simplemente se me olvidó. Caminé y caminé y caminé. Estaba sudando a chorros de tanto caminar. Fui a todos los lugares a los que íbamos abuelo y yo durante nuestras caminatas. Vi todas las plantas que él me enseñaba y traté de nombrarlas. Algunas las conocía, las otras ya las había olvidado. Y mientras más caminaba y más me alejaba de casa, más fácil me era llorar. Podía dejar que brotara el llanto, sin la preocupación de molestar a nadie. Cuando llegué a ese jardín bonito que vimos hace unos días, me detuve frente al flamboyán y lloré todavía más. Me alegré de que hiciera tanto calor y de que por eso no hubiera nadie en la calle. Habría sido penoso que alguien me hubiera visto.

No puedo creer que no volveré a escuchar la voz de mi abuelo, o tomarlo de la mano, o verlo caminar junto a mí, jadeando, porque Ana Mari y yo andamos muy aprisa. La muerte es algo tan definitivo, tan absoluto, tan injusto.

Lunes, 17 de junio

Hasta el día de hoy nunca había estado en un funeral. Espero no tener que ir a otro nunca más. Éste fue un velorio tradicional cubano. Los de la funeraria arreglaron a abuelo y lo vistieron con un traje muy elegante, para tenderlo en un ataúd abierto. También le pusieron maquillaje en la cara. Cuando me arrodillé sobre el cojín para rezar, vi su sonrisa falsa y cerré los ojos y ahí fue cuando supe que él estaba muerto. Se veía tan... tan irreal, como un muñeco de cera. A pesar de eso, lo toqué, y estaba muy duro y frío.

Efraín vino de su campamento militar, pero debe irse mañana en la tarde. Casi no pude hablar con él, pues los hombres lo acapararon y le hicieron toda suerte de preguntas. La funeraria estaba llena de amigos y parientes, todos conversando demasiado alto. Las mujeres se sentaron en sillas grandes alrededor de la habitación. Abuela estaba en la esquina más próxima al cuerpo de abuelo, con la nariz congestionada y secándose suavemente los ojos con un pañuelo. Cada vez que alguien venía hacia ella, se ponía a llorar. "Déjenla tranquila", me daban ganas de gritar. Se la pasó quejándose de que hacía frío y tío Pablo le dio su chaqueta hasta que mami fue a casa a buscarle un suéter. El aire acondicionado estaba al máximo. Mis uñas estuvieron moradas todo el tiempo.

Todos vestían de negro, hasta Jane y la señora Henderson. El señor y la señora F., de la tienda de artesanía, vinieron, al igual que Tommy y algunas amigas de Ileana y Alina con su familia. Me sorprendió ver cómo la gente iba y venía del salón cargando platitos con pasteles o tazas de café que habían comprado en una cafetería que está en la otra cuadra. A mí, toda esta conmoción me pareció más una fiesta que otra cosa. No soportaba ni el ruido, ni a los parientes dándome esos abrazos fuertes. Ninguno de ellos me importaba. Lo único que quería era a mi abuelo de vuelta. Había también muchas flores, tantas que Ileana estuvo estornudando toda la tarde. Mami le dio una medicina especial que hizo que dejara de estornudar.

Un cura vino por la noche a rezar el rosario. Yo sólo masculé las palabras para seguirle la rima. También deseaba que se fuera, y finalmente lo hizo, pero después de venir y darnos palmaditas en la cabeza a cada uno de nosotros. Quise preguntarle por qué había muerto mi abuelo. ¿Por qué no se había muerto alguien en su lugar, alguien cruel, como Fidel Castro o esos dictadores en Rusia o el hombre que había matado a Robert Kennedy o el otro tipo que asesinó a Martin Luther King? ¿Por qué?

Tuvimos que regresar a casa luego del rosario, porque eran casi las once. Los adultos se quedarán toda la noche con abuelo, entonces mañana, después de la iglesia, lo enterraremos. No puedo dejar de pensar en cómo abuelo se preocupaba de no volver a ver su patria nunca más. A lo mejor él sabía algo que nosotros ignoramos.

Martes, 18 de junio

Temprano en la mañana, antes de que saliéramos hacia la funeraria, le di la vuelta a la manzana, recolectando todas las flores que vi. Recogí ixoras y caléndulas y pen-

tas y pequeñísimas flores de San Juan y gardenias y mar-
pacíficos y plumerias y campanas de oro y adelfas. De
regreso en la cocina, todos sus nombres me vinieron a
la mente de un tirón, mientras envolvía sus frágiles ta-
llos en un pañuelito húmedo y después los envolvía una
vez más en papel de aluminio.

En la funeraria, cuando íbamos a darle nuestra despedida final a abuelo, le puse mi ramo especial dentro
del ataúd. Estoy segura de que nadie, excepto Ana Mari,
entendió lo que estaba haciendo, y cuando vio todas
esas flores bellas, todos esos colores brillantes que con-
trastaban con el traje oscuro de abuelo, vino hacia mí y
me abrazó. Lloramos juntas.

Ahora él se ha ido y lo echo mucho de menos. Lo
echo muchísimo de menos.

Viernes, 21 de junio

Ha llovido durante varios días. Siento como si los cielos
estuvieran llorando conmigo. Cuánto desearía que mi
abuelo estuviera aquí. ¡Y mi hermano también! Y Efraín.
Es tan difícil estar lejos de los seres queridos. Siento
como si no pudiera respirar, como si no hubiera aire

fresco suficiente a mi alrededor. Ya entiendo mejor lo que papi quiere decir con *exilio*, pues de alguna manera la muerte es una forma de exilio. Es distanciamiento, es irreversible y es la habilidad de recordar, sin el placer de tocar o ver o escuchar.

Sábado, 22 de junio

Me acabo de dar cuenta: finalmente mañana nos iremos a nuestro viaje. Estoy tan emocionada.

Miércoles, 26 de junio

Hoy visitamos gran parte de San Agustín, aunque hacía tanto calor que tuvimos que parar en varios lugares para beber algo. Este sitio me recuerda mucho a Cuba, especialmente al Castillo de San Marcos al borde de la Bahía de Matanzas y la Fortaleza de Matanzas, que es mucho más pequeña que el castillo. Tomamos muchas fotos. Cuando llamé a mis padres —debo llamarlos todas las noches— me entró un poco de morriña. Eso me sorprendió, pues tenía muchas ganas de hacer este viaje.

La estoy pasando de lo mejor con Jane y sus abuelos.

Ellos insisten en que los llame *Gramps* y *Grannie*, que son diminutivos de abuelo y abuela en inglés, y así lo hago. Ah, y nos dejan comer helado todos los días.

Domingo, 30 de junio

No me he olvidado de ti, pero tengo muy poco tiempo. Hoy paseamos alrededor del lago Okeechobee, con un guía de pesca. Este lago es tan grande que parece un océano. También vimos a mucha gente en carros que parecían autobuses y que Jane dice que se llaman caravanas. La gente duerme en ellos. Nunca antes había visto uno de esos.

Escribiría más si no estuviera tan extenuada.

Jueves, 4 de julio

¡Ya estoy de vuelta! Fueron las vacaciones más fantásticas de mi vida. Los abuelos de Jane me trataron muy bien. Nadamos en el mar, saltamos de trampolines, vimos cohetes espaciales, nos sentamos sobre viejos cañones españoles, vimos una puesta de sol en Cayo Hueso, fuimos de pesca en un bote por el lago Okeechobee...

Oh, hicimos tantas cosas que me hará falta un nuevo diario para escribir sobre todas ellas.

Hoy es el Día de la Independencia, y se celebra con *picnics* y fuegos artificiales, pero nosotros no hicimos otra cosa que trabajar en la casa. Yo ayudé a mami con el acabado de una cómoda que rescató de una pila de basura camino al trabajo a principios de semana. "Es increíble la cantidad de cosas útiles que los *americanos* botan —dice—. Éste es un país de tanta abundancia". Su afirmación me hizo recordar las largas colas que teníamos que hacer para comprar cualquier cosa: jabón, frijoles, arroz, zapatos, ropa. Abuelo Pancho decía que los cubanos hacen colas para cualquier cosa, excepto para morirse, y ahora el pobre abuelo Pancho sigue allá en Cuba, haciendo colas. Cuando le dije a mami lo que estaba pensando, los ojos se le aguaron. Dijo que no siempre había sido así en Cuba. Años atrás, antes de la revolución comunista, cuando yo todavía era una niñita, podías comprar cualquier cosa en las tiendas si tenías dinero. Ahora, incluso teniendo dinero, no hay nada que comprar.

Entrada la tarde, cuando refrescó un poquito, tía Carmen cocinó unos perros calientes y unas hamburguesas en la barbacoa. Entonces nos pusimos a mirar unos viejos álbumes de fotos que abuela había traído de Cuba. Nosotros no pudimos traer ninguno con nosotros, así que estas fotos de nuestra infancia son muy preciadas. Al mirarlas fijamente, sentí como si estuviera espiando la vida de otra persona, alguien que se parecía a mí, pero que existía en un mundo paralelo de fotos de papel. Me hizo pensar en la vida que pude haber vivido, la vida que *toda* mi familia pudo haber vivido si los comunistas no hubieran tomado el poder en nuestro país. Habría sido muy diferente si nos hubiéramos quedado allá. Lo primero que se me ocurre es que yo no sabría inglés. Nunca habría conocido a Jane ni habría ido a ese viaje maravilloso. Mami no habría aprendido a conducir al menos por mucho tiempo. Ileana no tendría un trabajo y papi nunca habría entrenado con esos grupos armados en los pantanos. ¡Qué extraño que un suceso, una decisión, pueda cambiar tanto la vida de tanta gente!

Por la noche vimos en la televisión los fuegos artificiales lanzados en la capital de Estados Unidos. Era bello ver cómo se encendía el cielo en medio de colores que sabíamos que eran fantásticos, incluso a pesar de que los veíamos sólo en la pantalla en blanco y negro y no directamente. Sin embargo, tía Carmen dice que el año próximo vamos.a ir a un parque a ver los fuegos artificiales y las festividades. Llevaremos una manta y nos acostaremos encima a mirar hacia la oscuridad. (Ella siempre trata de ser optimista. Le debe resultar muy difícil mantener esa sonrisa mientras Efraín está fuera de casa).

"Los colores de los fuegos artificiales en la noche lucen como si fueran flores que estallan —explicó—. Ya lo verán el año que viene".

¿Y qué piensas que le dijo papi a tía Carmen? Tienes una sola oportunidad. Lo adivinaste. Le dijo: "El año que viene estaremos en Cuba". Y también dijo que en lugar de quedarnos mirando al cielo oscuro, vamos a ir por la noche a nadar a Guanabo. Cuánto me gustaría creerle.

Mi éxodo personal

Ana Veciana-Suarez

Mi padre era ejecutivo del Banco Nacional en La Habana y mi madre era ama de casa cuando, en la madrugada del 1 de enero de 1959, el líder cubano Fidel Castro derrocó al gobierno de Fulgencio Batista. Yo sólo tenía dos años y recuerdo muy pocas cosas de esa época, con excepción de imágenes borrosas de nuestro portal y el pórtico de hierro que conducía a éste, pero hay algo que sí sé: como muchos de sus amigos y vecinos, mis padres acogieron el cambio y nunca sospecharon que la tan esperada revolución pronto se tornaría comunista.

Sin embargo, cuando el nuevo gobierno de Castro comenzó a confiscar propiedades y a enviar al pelotón de fusilamiento a los *contrarrevolucionarios*, miles de familias dejaron atrás sus posesiones con la esperanza de encontrar refugio provisional en Estados Unidos. La mayoría se asentó en Miami, donde la comunidad del exilio se volvió muy activa políticamente. Miles de exiliados se unieron a grupos anticastristas, muchos de ellos subsidiados por el gobierno norteamericano. En abril de 1961, más de 1.400 hombres, que habían sido entrenados en Centroamérica bajo el auspicio de Estados Unidos, desembarcaron en Bahía de Cochinos en un fallido intento de invasión a Cuba.

Mi familia estaba aún en Cuba cuando la invasión de Bahía de Cochinos y no fue hasta mayo de 1961 que autorizaron a salir a mi madre con mi hermano, mi hermana y conmigo rumbo a España. (Un hermano y una hermana menores habrían de nacer más tarde en el exilio). Mi padre estaba todavía en Cuba, combatiendo desde la clandestinidad. En octubre de ese año, se escapó de la isla con mi abuela y un grupo de hombres, en un bote de catorce pies de eslora. Fueron rescatados por la guardia costera de EE.UU. y, un mes más tarde, nos reunimos en Nueva York. Con el tiempo, nos sumamos a la creciente comunidad cubana de Miami. Mis padres encontraron trabajo, a los niños nos matricularon en la escuela y, junto a mis cuatro abuelos, seguimos nuestras vidas, preparándonos para regresar a Cuba. Todos pensábamos que la estancia en Estados Unidos sería provisional.

Pero el éxodo de cubanos a Miami continuó, en oleadas, tanto por aire como por mar, durante décadas. Quizás las salidas más conmovedoras fueron las que tuvieron lugar de 1960 a 1962, a través de la Operación Pedro Pan, un programa migratorio que permitía sacar a los niños de la isla cuando a sus padres aún no les habían dado permiso para irse con ellos. Alrededor de 14.000 niños cubanos salieron de Cuba sin sus padres. Muchos no vieron a sus padres durante años y vivieron en casas de acogida y orfelinatos de todo el país. Yo tengo varios amigos y parientes que llegaron a Estados Unidos en este programa. Algunos venían con hermanos mayores, pero otros viajaban solos, y ésta fue una experiencia que los hizo abandonar apresuradamente la niñez y pasar a una juventud llena de responsabilidades.

La próxima gran migración de cubanos comenzó en 1965, cuando Castro abrió el puerto de Camarioca a todos los que quisieran irse del país. En poco más de un mes, entre el 10 de octubre y el 15 de noviembre, más de 6.000 cubanos huyeron en toda suerte de barcos, que en su inmensa mayoría habían sido enviados por parientes que ya estaban en Miami. La travesía por el Estrecho de la Florida era peligrosa, pero muchos la habían hecho antes de 1965 y aún hoy la siguen haciendo en balsas de fabricación casera, neumáticos y pequeñísimos botes pesqueros.

Yo tenía casi nueve años cuando abrieron Camarioca y recuerdo con nitidez cómo mis padres buscaban desesperadamente un capitán de navío que trajera a la hermana de mi madre y sus hijos a Estados Unidos. (Su esposo era prisionero político). Sin embargo, Castro cerró el puerto antes de que mi tía pudiera salir. Casi dos años más tarde, su familia abordó un Vuelo de la Libertad rumbo a Miami. Iniciado en diciembre de 1965, este puente aéreo fue posible gracias a las negociaciones entre EE.UU. y Cuba después de que cerraran el puerto de Camarioca. Cuando se suspendieron los dos vuelos diarios en abril de 1973, más de 260.560 refugiados, como Yara García y mi tía, habían venido a Estados Unidos.

La presencia de los exiliados cambió Miami. El mismo año en que concluyeron los Vuelos de la Libertad, la comisión del condado proclamó a Dade "condado bilingüe y bicultural" y Maurice Ferré, nacido en Puerto Rico, se convirtió en el primer alcalde latino de Miami. Aunque la migración desde la isla aminoró a finales de la década del setenta, Estados Unidos y Cuba respectivamente abrieron oficinas diplomáticas, conocidas como "Secciones de Intereses", en las capitales de cada país, en 1977. En 1978, el gobierno cubano también empezó a dialogar con exiliados cubanos para negociar la liberación de prisioneros políticos. Para noviembre de 1979, 3.900 prisioneros políticos habían sido puestos en libertad. Muchos de ellos se asentaron en Miami, entre ellos mi tío, que pudo reunirse con su familia después de cumplir casi veinte años de prisión.

Los vuelos *charter* que llevaban exiliados a la isla también comenzaron en 1979: fue la primera vez que los refugiados podían regresar a su patria desde 1961. Aunque yo nunca he vuelto, varios familiares míos sí lo han hecho, entre ellos mi hermana menor, nacida en Estados Unidos. Esta posibilidad de viajar desde y hacia la isla hizo poco para detener la migración de cubanos que querían salir en busca de una vida mejor en Estados Unidos. En abril de 1980, luego de que 10.000 cubanos abarrotaran la embajada de Perú en La Habana, Castro abrió el puerto del Mariel a todos los exiliados que quisieran rescatar a sus parientes. Como ocurrió en el puente marítimo de Camarioca quince años antes, pero esta vez a una escala mucho mayor, los barcos y yates de exiliados invadieron las costas cubanas. Cuando el Mariel cerró en septiembre, más de 120.000 refugiados habían abandonado la isla. De ellos, 100.000 se asentaron en Miami, entre ellos una de mis tías abuelas y varios de mis primos.

Con cada oleada de refugiados, Miami se fue convirtiendo cada vez más en una comunidad hispana. El poder político de los cubanos creció. Durante y después del puente marítimo del Mariel, los hispanos constituían una mayoría en el consejo de la ciudad de Miami y la década del ochenta fue testigo de muchos hitos en materia de política: varios políticos nacidos en Cuba fueron elegidos alcaldes, representantes de juntas escolares y comisionados del condado. En ese momento, varias ciudades al sur de la Florida, Hialeah, Miami y Miami Beach, ya tenían o estaban muy cerca de tener una mayoría hispana.

Uno de los más recientes, y más peligrosos, éxodos desde Cuba ocurrió durante el verano de 1994 cuando cientos de miles de cubanos se lanzaron al mar en todo tipo de objetos flotantes. Durante un periodo de treinta y siete días, cerca de 32.000 personas sobrevivieron el viaje a través del Estrecho de la Florida, pero son incontables los que murieron en el mar. Muchas balsas, flotando como corchos a la deriva en el inmenso océano, fueron halladas, sobrecogedoramente vacías, por la Guardia Costera de Estados Unidos y por aviones privados de la organización Hermanos al Rescate. Aunque Estados Unidos sigue acogiendo a los cubanos que huyen del régimen de Castro, sus leyes de inmigración son más estrictas ahora y muchos cubanos que recientemente han intentado huir a este país han sido deportados de vuelta a la isla.

Exiliados que, como el padre de Yara o mi propia familia, esperaban regresar a su patria en sólo unos meses, terminaron haciendo de Miami su hogar. Muchos que se habían mudado a otras ciudades del norte en las décadas del sesenta y el setenta, como hicieron mis tíos, tías y primos, con el tiempo regresaron al clima más cálido de la Florida. Con la libertad que nos ofrecía este país, construimos hospitales, centros comerciales, escuelas y urbanizaciones. Nos convertimos en maestros, doctores, abogados, mecánicos, promotores, políticos, periodistas, actrices y reinas de belleza.

Ahora, cuarenta años después de la primera oleada de cubanos que arribó a Estados Unidos, en un acto de gratitud, la comunidad del exilio recauda fondos para una transformación multimillonaria de El Refugio, la Torre de la Libertad ubicada en el centro de la ciudad, que albergó el Centro de Emergencia para Refugiados Cubanos. Allí alrededor de 450.000 exiliados, como la familia de Yara y la mía propia, recibieron la ayuda generosa del gobierno de Estados Unidos, desde 1962 hasta 1974. La Torre de la Libertad servirá como museo interactivo, centro de investigación y biblioteca que documentará la experiencia del exilio cubano en el sur de la Florida.

Agradecimientos

Quisiera agradecer a Luis Orta y a Guillermo "Willy" Aguilar por todas sus anécdotas sobre Cuba, en especial aquellas que me contaron sobre la Escuela al Campo. Gracias también a Carolina Hospital por sus consejos y a mis padres, Sira y Antonio Veciana, que me refrescaron la memoria con respecto a nuestros primeros años en este país maravilloso.

VUELO A LA LIBERTAD
por Ana Veciana-Suarez

Preguntas sobre la lectura

Personajes

1. Yara trata de adaptarse a la vida en Estados Unidos, pero al mismo tiempo se siente obligada a obedecer las normas cubanas que establecen sus padres. ¿Qué hace Yara para respetar los deseos de sus padres, incluso contra su voluntad? ¿De qué manera decide lo que es mejor para ella en vez de obedecer a sus padres?

2. El papá de Yara parece resistirse tenazmente al cambio. Dice una y otra vez que la familia no tiene que adaptarse a la nueva realidad porque regresará pronto a Cuba. ¿En qué momento notas que el padre de Yara comienza a adaptarse a la vida en Estados Unidos? ¿Crees que alguna vez llegará a adaptarse plenamente? Explica por qué.

3. La madre de Yara comienza a adaptarse a los cambios que supone vivir en Estados Unidos. ¿Qué efecto tiene en la familia el hecho de que ella comience a trabajar y aprenda a manejar? ¿Cómo trata de mantener las tradiciones y costumbres cubanas en la vida familiar? ¿De qué manera su disposición a adaptarse al estilo de vida estadounidense ayuda a adaptarse al resto de su familia?

4. Ileana, la hermana mayor de Yara, trata de adaptarse a la vida en Estados Unidos rechazando las costumbres cubanas. ¿Cómo afecta a la familia esa rebelión de Ileana? Ileana también se enfrenta a su familia para que la dejen trabajar. ¿Qué cambios produce en Ileana esta nueva responsabilidad?

5. Yara conoce en la escuela a una muchacha llamada Jane y se hace amiga de ella. ¿Cómo ayuda Jane a Yara a adaptarse a la vida en Estados Unidos? ¿Cómo muestran Jane y su familia el respeto que sienten por las creencias y costumbres de la familia de Yara?

6. El tío de Yara y su familia ayudan a los García a adaptarse a la vida en Estados Unidos. ¿Qué cualidades demuestra tener Efraín para hacerles más fácil ese cambio? ¿Cómo influye en la familia el hecho de que Efraín se aliste en el ejército?

7. Tony, el abuelo de Yara, les enseña muchas cosas a ella y a su hermana Ana Mari. El abuelo dice muchos refranes. ¿Qué efecto tienen en Yara sus refranes? ¿Cómo afecta a la familia la muerte del abuelo Tony? ¿Cómo afecta a Yara personalmente?

8. Pepito, el hermano mayor de Yara, se tuvo que quedar en Cuba, porque estaba haciendo el Servicio Militar. ¿Por qué el hecho de que Pepito esté en Cuba preocupa tanto a su familia? ¿Cómo obstaculiza este hecho el proceso de adaptación de toda la familia?

Ambiente y tema

1. ¿En qué se diferencia la manera en que se trataban los miembros de la familia en Cuba de la manera en que lo hacen en Estados Unidos?

2. El padre le pide a su familia que viva "suspendida entre dos países". Yara no está de acuerdo. Dice: "tenemos que estar aquí o allá... tenemos que escoger". ¿Se puede vivir en dos lugares a la vez? ¿Cómo trata de lograr eso la familia?

3. Describe algunos de los prejuicios o barreras sociales que la familia García enfrenta en Cuba. Describe los prejuicios o barreras sociales que enfrentan en Estados Unidos. ¿Cómo logran vencerlos? ¿Cómo se enfrenta Yara a ellos?

4. Este libro está escrito desde el punto de vista de Yara. ¿Cómo sería el libro si estuviese escrito desde el punto de vista de otro miembro de la familia?

5. Yara dice: "Me pregunto cómo hubiera sido mi vida, la vida de *toda* mi familia, si los comunistas no hubieran tomado el

poder en nuestro país... ¡Qué extraño que un suceso, una decisión, pueda cambiar tanto la vida de tanta gente!". ¿Cómo crees que habría sido la historia de Yara si su familia no se hubiese visto obligada a salir de Cuba?

Guía para comentar la lectura escrita por Katy Stangland.

RELATOS EN PRIMERA PERSONA

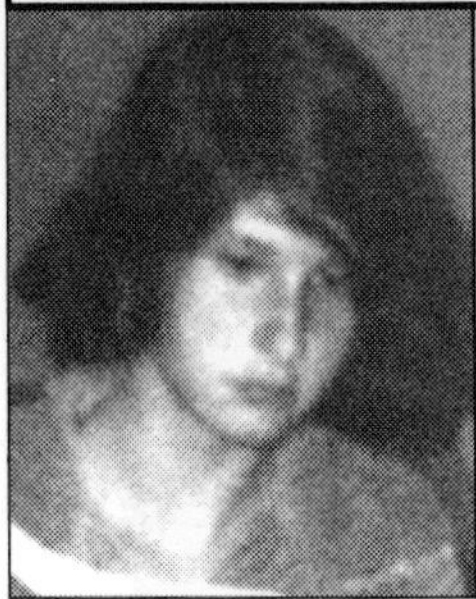

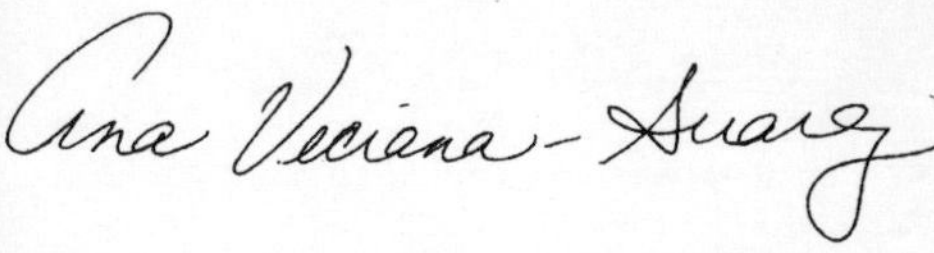

ANA VECIANA-SUAREZ, A LOS CATORCE AÑOS

Ana Veciana-Suarez nació en La Habana en 1956. Inmigró a Miami, Florida, a los seis años de edad. Es autora de dos libros para adultos que fueron muy bien recibidos por la crítica: *The Chin Kiss King* (publicado en español como *El Rey de los besos*) y *Birthday Parties in Heaven (Las fiestas de cumpleaños en el cielo)*. Sobre este último, el periódico *School Library Journal* comentó: "Veciana-Suarez ha logrado mantener la habilidad de apreciar su cultura con las impresiones frescas de los recién llegados o los muy jóvenes". Veciana-Suarez aún vive en Miami, donde todas las semanas escribe, para el *Miami Herald*, una columna muy popular sobre la familia.